Editora Charme

Sentando no Trenó

As festas de fim de ano são cheias de surpresas...

Autoras Bestsellers do *New York Times*

VI KEELAND

PENELOPE WARD

1ª Impressão 2022

Produção Editorial - Editora Charme
Capa e Produção Gráfica - Verônica Góes
Fotos - Depositphotos, AdobeStock, Vectorstock
Tradução - Sophia Paz
Preparação - Alline Salles
Revisão - Equipe Charme

Esta obra foi negociada por Brower Literary & Management.

FICHA CATALOGRÁFICA ELABORADA POR
Bibliotecária: Priscila Gomes Cruz CRB-8/8207

K26s Keeland,Vi

Sentando no trenó; Apague as luzes para o amor; O item mais desejado / Vi Keeland; Penelope Ward; Tradução: Sophia Paz;
Produção Editorial: Editora Charme; Capa e produção gráfica: Verônica Góes;
Preparação: Alline Salles; Revisão Equipe Charme. – Campinas, SP:
Editora Charme, 2022.
168 p. il.

Título original: Sleighed - Get sleighed; Lights out love; Hot item.
ISBN: 978-65-5933-105-5

1. Ficção norte-americana | 2. Romance Estrangeiro -
I. Keeland, Vi. II. Ward, Penelope. III. Paz, Sophia. IV. Editora Charme.
V. Góes, Verônica. VI. Salles, Alline. VII. Equipe Charme. VIII. Título.

CDD - 813

Editora Charme

www.editoracharme.com.br

Editora Charme

SENTANDO NO TRENÓ

TRADUÇÃO: SOPHIA PAZ

Autoras Bestsellers do *New York Times*

VI KEELAND

PENELOPE WARD

SENTANDO NO TRENÓ

CAPÍTULO I

Sarah

— O que você vai fazer amanhã?

Minha melhor amiga, Jane, ligava todos os dias desde que terminei com meu namorado, tentando me fazer sair. Mas eu simplesmente ainda não estava pronta.

— Qualquer coisa que não envolva homens — respondi. — Tenho certeza de que desenvolvi uma alergia.

— Essa é com certeza uma atividade livre de homens. Você pode estar no estúdio de gravação às nove?

— Para onde vamos?

— Para nenhum lugar. Minha convidada de amanhã acabou de cancelar. Preciso que você a substitua.

Jane era a apresentadora de um podcast de enorme sucesso chamado *Fun with Dick and Jane*. Na verdade, não havia um coapresentador chamado Dick[1]. O título se referia ao assunto do programa — namorar *idiotas*. Eu já tinha sido a convidada algumas vezes.

— Não sei o quanto vou ser divertida. Qual é o assunto?

1 Dick, em tradução livre, pode significar "idiota" e "pau". (N.T.)

— Bem, minha convidada deveria ser Cheri Lord, a mulher daquele reality show em que seus ex escolhem com quem você deve namorar. Já assistiu?

— Não, não assisti, mas vi a propaganda.

— Você tem que assistir. Foi uma merda. Ela traiu a maioria dos ex, então todos eles escolheram traidores e babacas inveterados. De qualquer forma, o podcast de amanhã foi anunciado como "The Ex Factor – aprendendo com seus erros". Então você será perfeita.

Suspirei.

— Você irá comigo para Cabo no dia seguinte ao Natal, se eu fizer isso?

— Sabe que eu gostaria de poder ir. Nunca viajei de jatinho. Mas o programa me faz fazer aparições em Nova York, já que vou para a casa dos meus pais no Natal. Acredite, eu preferiria estar em suas férias extravagantes a fazer isso. Toda vez que eles me obrigam a fazer essas coisas idiotas, pelo menos um cara assustador aparece e apenas me encara do fundo da sala enquanto eu falo. E sempre tem uma velha que levanta a mão como se quisesse fazer uma pergunta, mas depois me dá um sermão sobre como melhorar minha linguagem ou agir mais como uma dama no programa. Perguntou a Emily se ela pode ir?

— Ela vai para a Virgínia para conhecer os pais daquele cara novo que está namorando.

Eu realmente não queria ir para o México sozinha, mas também não desistiria da viagem incrível que meu ex havia me dado no meu trigésimo aniversário no mês anterior – férias com tudo pago para dois a Cabo San Lucas, em um jato particular com uma estadia em um hotel cinco estrelas que eu nunca poderia pagar, mesmo que eu fosse de classe econômica. Quando Trent me largou duas semanas antes, me dizendo que se apaixonou por sua assistente de *dezenove anos*, ele sugeriu que eu levasse uma amiga. Eu tinha certeza de que o idiota não tinha pagado a viagem, provavelmente apenas colocou no cartão black de seu pai, como tudo em sua vida mimada. *Enfim. Não sou amarga nem nada...*

— Então você será a convidada de amanhã? *Por favooooor.*

Eu realmente não estava com vontade, mas Jane sempre esteve ao meu lado.

— Claro, sem problemas.

— Maravilha. Vou levar Bloody Marys para o café da manhã.

Na manhã seguinte, cheguei ao estúdio de gravação alguns minutos antes das nove. Jane beijou minha bochecha e me entregou um coquetel com aipo, bacon e azeitonas.

— Acha que pode apresentar cinco sinais de que o novo cara que você acabou de conhecer está fadado a ser seu ex? — ela perguntou.

Bufei uma risada.

— Se eu pudesse, provavelmente não estaria solteira.

Jane me dispensou com um gesto de mão.

— Apenas invente algo que soe clínico. Você é boa em soar inteligente.

Terminei meu Bloody Mary durante a contagem regressiva de dez segundos antes de entrarmos ao vivo. Jane abriu o programa com seus slogans habituais, e então fez uma propaganda para um de seus patrocinadores antes de me apresentar.

— Senhoras, eu tenho um presente para vocês hoje! A primeira e única Sarah McGraw está aqui para discutir todos os nossos relacionamentos fodidos. Se você é nova ouvinte e ainda não teve o prazer de conhecer Sarah, deixe-me contar tudo. Sarah é formada pela Universidade Brown, *summa cum laude*, porque ela não é qualquer uma. Tem PhD em psicologia clínica e é conselheira matrimonial aqui na ensolarada Los Angeles. Mais importante, ela é minha melhor amiga desde que tínhamos quatro anos e foi a *única pessoa* a me avisar para não namorar Tommy Finnegan no Ensino Médio, mesmo que eu tenha feito isso, de qualquer maneira. Ele me largou *meia hora* depois de tirar minha virgindade. Então, por favor, deem calorosas boas-vindas ao estilo *Fun with Dick and Jane* a Sarah enquanto ela nos ajuda a ver as bandeiras de alerta nos homens que conhecemos *antes* de abrirmos nosso coração *e carteiras* para eles!

Sorri e falei no microfone.

— Uau, isso que é uma apresentação. Obrigada. Tommy Finnegan, hein? Esse é um nome que não ouço há muito tempo.

Jane riu.

— Ele era tão bonito. Tommy, se estiver ouvindo, ou se alguma de nossas ouvintes conhece um Tommy Finnegan que se formou em Carnegie High, em Nova York, em 2010, eu adoraria ver uma foto dele agora.

Balancei a cabeça.

— Oh, meu Deus. Gente, por favor, *não* mandem foto para ela, principalmente se ele ainda for bonito. Ela é uma otária para caras com covinhas.

Jane suspirou.

— Isso eu sou, Sarah. Sou mesmo. Mas, já que estamos nesse assunto, acho que Tommy é um ponto de partida tão bom quanto qualquer outro para hoje. Você me avisou para não sair com ele, então acho que viu uma bandeira vermelha antes de mim.

— Ah... sim. Ele namorou metade da escola. Seu apelido era *Foda-me Finnegan*. E ele te levou para ver um filme *pornô* no primeiro encontro.

— Ei, não condene nisso. Aprendi muitos truques úteis com aquele filme.

Eu ri. Tinha esquecido como Jane e eu nos divertíamos no ar. Foi praticamente um programa de comédia pelos 45 minutos seguintes, enquanto conversávamos sobre os relacionamentos anteriores de Jane e as bandeiras vermelhas que ela deveria ter visto, mas não viu. Depois, ela abriu para ligações dos ouvintes para perguntas e a diversão continuou.

— Olá, Jane. Olá, Sarah. Meu nome é Megan.

— Oi, Meg! — dissemos em uníssono.

— Jane, eu só queria dizer que Tommy Finnegan terminar com você meia hora depois do sexo não é o pior término. Eu tenho a pior história. Meu ex, Jason, me largou enquanto ainda estava *dentro de mim*.

Meus olhos se arregalaram.

— Oh, meu Deus.

— Essa não é a pior parte — continuou a ouvinte. — Ele também me disse que tinha câncer e que não sabia quanto tempo lhe restava e queria ser livre.

Pus a mão acima do meu coração.

— Puta merda. Ele realmente tinha câncer?

— Não! O desgraçado mentiu.

— Jesus — Jane ofegou. — Essa deve ser a pior história de término que já ouvi.

— Infelizmente, ainda estou sofrendo para superá-lo. Isso aconteceu há um mês. Então eu queria perguntar a Sarah se ela tem algum conselho sobre como superar um cara que não merece você.

Jane olhou para mim e sorriu.

— Você vai sozinha para Cabo e dorme com o cara mais gostoso que encontrar?

Eu ri.

— Não vai acontecer.

As ligações seguintes foram de mulheres compartilhando suas horríveis histórias de término. Uma foi abandonada no velório do pai e outra disse que foi trabalhar na terça-feira de manhã e o namorado tirou as coisas da casa dela e foi para a da vizinha. Aparentemente, ele estava dormindo com ela já há um tempo. Caramba, quando fizemos uma pausa para o anúncio do patrocinador, havia mais mulheres esperando para compartilhar suas histórias do que o tempo restante no programa de Jane.

Ela tirou os fones de ouvido para o pequeno intervalo.

— Tenho uma ideia maluca...

— Ah, não, eu não vou ficar de novo trancada do lado de fora da janela do trigésimo segundo andar tentando espionar um cara com quem você saiu, né?

— Não, é melhor do que isso. Por que não fazemos um concurso no meu programa: *a pior história de fora de todos os tempos*. A vencedora vai para Cabo com você!

Balancei a cabeça.

— Não sei... dividir um hotel com uma estranha?

— Nós saímos com homens que conhecemos em aplicativos de namoro. Dividir a suíte presidencial de um hotel de luxo com uma mulher é muito menos assustador. Além disso, você disse que tinha dois quartos, certo? Portanto, não vai dividir a cama. Aposto que consigo que um dos meus patrocinadores cubra o custo da viagem da vencedora. Todo mundo ganharia. Você teria uma mulher solteira para viajar e um cheque grande e gordo de um dos meus patrocinadores!

— Eu não acho que...

— Não negue até eu entrar em contato com meus patrocinadores e ver o que eles estão dispostos a pagar, ok? Vamos ver do que estamos falando...

Em questão de apenas alguns minutos, Jane acabou recebendo mais patrocínio para o concurso do que ela precisava. E agora eu estava oficialmente amarrada a isso.

O podcast também recebeu uma enxurrada de e-mails que a equipe não conseguiu nem olhar direito. O concurso foi nomeado "Natal em Cabo", já que a vencedora e eu partiríamos na manhã seguinte ao Natal.

Uma semana havia se passado e hoje era o grande dia em que iríamos anunciar a vencedora ao vivo depois de ler as três primeiras colocadas. O programa havia postado dez finalistas anteriormente em seu site para que as ouvintes pudessem votar nas três primeiras on-line.

Sentei-me no meu lugar em frente a Jane no estúdio, aguardando ansiosamente os resultados. Não que eu fosse encontrar a vencedora hoje, mas mesmo assim estava nervosa.

— Ok, pessoal... — Jane anunciou. — É o momento que todos esperavam. Depois que centenas de histórias surpreendentemente horríveis, mas muito boas, foram enviadas, conseguimos reduzir para três. Você está pronta, Sarah?

Fingi estar mais animada do que realmente estava.

— Estou super empolgada, sim. Mal posso esperar para ver qual as ouvintes escolheram. Preciso dizer que todas ganharam da minha própria história de término.

— Ok, sem mais delongas, vamos ao que interessa. A terceira finalista escolhida por nossos ouvintes é... rufem os tambores, por favor! — O técnico de som tocou um efeito sonoro de bateria enquanto Jane disse: — Kate, de Irvine! Kate escreveu: "Você poderia dizer que levei um fora indiretamente. Minha amiga estava no Tinder e deu match com meu namorado na época. Ele não apenas estava no aplicativo de namoro, me traindo ativamente, mas também usou uma foto de nós dois como foto de perfil e cortou a maior parte de mim."

Eu me encolhi e falei no microfone:

— Kate, você está muito melhor sem ele.

Jane continuou:

— Kate, embora você não tenha sido a vencedora, *enviaremos* um prêmio de consolação que incluirá uma camiseta *Fun with Dick and Jane* e um porta-cerveja combinando.

— Oooh, eu quero um porta-cerveja! — brinquei.

— Nós vamos te dar um também, Sarah. — Jane riu. — Ok, agora nossa próxima finalista. A história de fora que nossos ouvintes escolheram como a vice-campeã foi enviada por Leela, de Riverside, que escreveu: "Meu pai faleceu de repente no ano passado. Após o velório, meu namorado me mandou uma mensagem de texto dizendo que a morte do meu pai ensinou a ele que a vida é muito curta. E que ele não achava mais justo estar em um relacionamento comigo porque ele não estava apaixonado por mim. Então, eu não só perdi meu pai, como também o namorado na mesma semana. Ah, e meu pai tinha deixado para o meu ex um relógio bem caro no testamento, achando que ele seria meu marido em breve, e o idiota exigiu que déssemos a ele."

— Ah, Leela. Que idiota — eu disse no microfone.

— Leela, você realmente merece uma viagem para Cabo depois de lidar com esse perdedor insensível, e, como eu disse, você é nossa vice-campeã. Mas a boa notícia é que nossos produtores enviarão a você um pacote de autocuidado *Fun with Dick and Jane* que inclui vinho, chocolate e o melhor em cuidados de beleza, graças aos nossos patrocinadores. Muito obrigada por participar, Leela!

Falei no microfone:

— Aproveite, Leela!

— E, agora, o momento que todos esperávamos. — Jane fez uma pausa. — A vencedora do concurso Natal em Cabo 2022. Foi difícil. Mas a história de fora dessa pessoa pareceu ressoar mais com nossas ouvintes. Kelly, de Burbank. Kelly nos mandou uma história que fez nosso sangue ferver. Kelly escreveu: "Alguns anos atrás, eu estava namorando alguém do meu trabalho, que me deu a impressão de que era confiável. Contei a essa pessoa sobre um conceito para um produto inovador que eu havia criado. Não deveria ter contado. Porque, pouco depois, a pessoa me largou de repente e a empresa para a qual trabalhávamos apresentou planos para um novo produto. Foi exatamente o que compartilhei com a cobra que me largou, até o último detalhe. A empresa passou a ganhar milhões com esse dispositivo, e não recebi crédito algum por isso, porque nunca havia patenteado nada. A pessoa com quem me relacionei, no entanto, foi promovida. — Jane fez uma pausa. — Então, Kelly...

A técnico de som introduziu algumas músicas comemorativas.

— Ficamos de coração partido pela traição que você sofreu. Achamos que você merece espairecer por um tempo. Você, minha amiga, ganhou a viagem para Cabo San Lucas com minha amiga, Sarah! Uma limusine irá buscá-la e levá-la ao aeroporto, onde você e Sarah irão de jatinho para Cabo San Lucas, México, na manhã seguinte ao Natal. Caso você decida, por qualquer motivo, não aceitar este grande prêmio, a viagem irá para nossa vice-campeã, Leela, de Riverside. Nossos produtores têm todas as suas informações e entrarão em contato através do e-mail que você forneceu para fazer o cadastro. Parabéns, Kelly! Você merece depois de tudo isso!

— Oba, Kelly! — Bati palmas, mas, por dentro, estava começando a me perguntar em que diabos eu tinha me metido.

Vi

Pen

Acabei pulando o Natal com minha família. Com a viagem de Cabo chegando, seria demais voar para Nova York e depois voltar no dia seguinte para pegar o jatinho. E, admito, havia outra razão pela qual eu estava evitando isso: eu teria que suportar as perguntas sobre minha vida amorosa atual e, pior, repetir a história do que aconteceu com meu ex para aqueles que não tinham ideia de que tínhamos terminado.

Na manhã seguinte ao Natal, eu não poderia estar mais ambivalente sobre toda essa coisa de férias com uma estranha. Meu plano era aproveitar esse tempo sozinha e não me preocupar se essa garota Kelly e eu nos daríamos bem. Nem precisávamos nos ver, suponho. Era *bom* que metade da viagem não fosse desperdiçada. Mas sair de férias com uma desconhecida é estranho — simples assim. Eu não precisava que fôssemos Thelma e Louise. Só precisava ser capaz de tolerá-la no caso de ela escolher sair comigo e não fazer suas próprias coisas.

O plano era que Kelly me encontrasse no aeroporto depois que a limusine a trouxesse. Eles me avisariam o local exato para onde a levariam para que eu pudesse esperar lá. Eu não tinha ideia do que esperar; nem sabia a idade dessa garota. Pelo que eu sabia, ela poderia ter idade suficiente para ser minha avó ou ter dezoito anos.

Finalmente, ao longe, pude ver a limusine preta se aproximando. Estava com frio na barriga. Ok, talvez eu não fosse tão ambivalente quanto pensava. Parecia que eu era o cara da série *The Bachelor*, esperando a limusine parar e sem saber como seria a mulher que sairia do veículo.

Quando a limusine parou, ninguém apareceu para abrir a porta de trás. Em vez disso, ela se abriu e saiu um dos homens mais altos que eu já vira. Ele usava uma camisa havaiana, um chapéu de palha enorme e tinha o que parecia ser contas de Mardi Gras em volta do pescoço.

Que porra é essa?

— Por favor, me diga que você é a Sarah. — Ele sorriu.

Eu tinha que admitir, sob aquele chapéu gigantesco, que ele tinha um rosto lindo e olhos azuis penetrantes.

Pigarreei.

— Sou, sim.

Antes que eu pudesse dizer outra palavra, saí voando no ar. Ele me levantou do chão e me girou tão rápido que quase vomitei.

— Cara, isso vai ser incrível — disse ele enquanto me colocava de volta em pé.

Cara?

— O quê? Com licença. Quem é você e onde diabos está Kelly?

— Você está olhando para ele. — Ele estendeu a mão. — Kelly Fugger. Prazer em conhecê-la, Sarah.

— Kelly Foder?

— Fugger. F-U-G-G-E-R.

Bem, isso não é uma merda... Estou fodida.

CAPÍTULO 2

Sarah

— Como pode ser Kelly? Você deveria ser uma mulher...

O cara puxou o cós de seu short e espiou dentro.

— Desculpe. Ainda não sou uma mulher. Embora eu tenha que admitir que já faz um tempo que não tenho uma razão para verificar. — Ele encolheu os ombros. — Eu tive um período de seca desde que a ladra de vibrador e eu nos separamos.

Pisquei algumas vezes.

— Ladra de vibrador?

Ele assentiu.

— Foi assim que ganhei o concurso. Minha ex, Kelly...

Eu o interrompi.

— Espere, seu nome é Kelly *e* o nome da sua ex é Kelly?

— Sei o que está pensando, mas ela não roubou meu nome também. Ela nasceu um mês antes de mim.

As rugas que apareceram na minha testa desde que ele tinha saído do carro se aprofundaram.

— Estou tão confusa...

Ele assentiu.

— Eu me senti da mesma forma quando vi o dr. Phil revelado em nossa apresentação anual de novos produtos.

— Dr. Phil?

— Foi o nome que dei ao vibrador que inventei. Você sabe, antes do dr. Phil começar na *Oprah*, ele costumava apresentar seminários de autoajuda, e agora ele é um guru de relacionamento. — Kelly deu de ombros. — Não é isso que um vibrador é? Autoajuda quando você está em um relacionamento ruim? Enfim, a empresa em que trabalho o renomeou como Beijos de Borboleta ou algo assim, então provavelmente é por isso que você nunca ouviu falar de dr. Phil, o vibrador.

Esfreguei minhas têmporas.

— Ouça, Kelly, não tenho certeza de em que ponto ocorreu a confusão, mas a vencedora do concurso deveria ser uma mulher. Não era aberto a homens.

Ele balançou um dedo para mim.

— Foi o que presumi inicialmente, mas verifiquei as regras no site antes de entrar e não mencionava que tinha que ser mulher.

A limusine começou a se afastar. Levantei a mão e gritei:

— *Espere!* — Mas a maldita coisa continuou indo embora.

Balancei a cabeça.

— Bem, lamento que o podcast tenha se esquecido de colocar isso nas regras, mas não posso dividir um quarto de hotel com um homem.

— Ainda não perdoou o gênero pelo que seu ex fez, então não quer ficar perto de um homem, hein?

— O quê? *Não!* Quero dizer, sim, ainda estou com raiva do meu ex, mas não, não é por isso que não quero dividir um quarto com um homem.

— Então qual é o problema?

— Só não me sinto confortável fazendo isso.

— É porque você está atraída por mim? — Ele apontou para os olhos e piscou seus longos e escuros cílios. — Algumas pessoas chamam isso de olhar sedutor.

Oh, meu Deus.

— Ouça, Kelly. Sinto muito pela confusão. Mas não vou nessa viagem com você. Eu já estava hesitante em dividir com uma mulher. Não tem como eu ir com você.

Ele assentiu.

— Entendo.

— Você entende?

Kelly esfregou o lábio inferior com o polegar.

— E se eu pagar um quarto para mim? E só pegar uma carona com você no jatinho e compartilhar o plano de refeição e álcool que vem com a estadia no hotel?

Balancei a cabeça.

— Não sei...

Ainda estávamos em frente ao terminal de jatos particulares. Um cara de uniforme se aproximou.

— Srta. McGraw?

Virei-me para ele.

— Sim?

— Seu voo está pronto para embarcar.

— Ok. Você pode apenas... me dar um momento, por favor?

— Claro. Mas isso é tudo que temos. O controle de tráfego aéreo está atrasado e, se não decolarmos nos próximos quinze minutos, perderemos nosso lugar.

Balancei a cabeça.

— Vou demorar um minuto.

Kelly ergueu uma sobrancelha.

— Então o que me diz? Estou dentro?

Eu não queria viajar com esse cara, mas me senti mal com a confusão. Além disso, como eu poderia dizer não quando ele estava disposto a pagar um quarto separado? Respirei fundo e assenti.

— Ok, mas você precisa pegar seu próprio quarto.

— Legal! — Um adorável sorriso com covinhas se abriu em seu rosto. Kelly pegou sua bagagem e apontou para a porta com um grande movimento de mão. — Vamos?

Suspirei.

— Acho que sim.

Alguns minutos depois, estávamos caminhando lado a lado na pista, a caminho do avião.

— Por um segundo, pensei que isso não fosse acontecer — disse ele. — Mas, uma vez que ouvi seu sobrenome, eu sabia que era o destino.

Torci o nariz.

— Meu sobrenome?

— McGraw. — Ele piscou. — Esse é o sobrenome do dr. Phil.

Uau. Ele se arrumou muito bem.

Se Kelly não tivesse acenado e se levantado da mesa onde já estava sentado quando entrei no restaurante, talvez eu não o tivesse reconhecido. Ele havia feito a barba que tinha esta manhã e agora estava de paletó e gravata. Todos os restaurantes do hotel tinham um código de vestimenta estrito para o jantar. O maître me acompanhou. Kelly deu a volta na cadeira em frente à dele e a puxou.

— Obrigada. — Sorri enquanto me sentei. — Quase não reconheci você sem a barba, chapéu de palha e roupas havaianas que não combinavam. Você passou de turista a chique.

Ele se sentou na minha frente.

— E eu quase não reconheci você sorrindo.

Mordi o lábio, envergonhada.

— Sinto muito pela maneira como agi antes. Fui pega realmente desprevenida.

Kelly colocou o guardanapo sobre seu colo.

— Tudo bem. Entendo. Espero que não se importe que eu diga que você fica mais bonita com um sorriso.

— Obrigada.

Ele olhou ao redor.

— Este lugar é chique. Como é o seu quarto?

— É muito legal. E o seu? Você conseguiu um quarto no hotel aqui ao lado que a recepção recomendou? — Infelizmente, o hotel onde eu estava hospedada estava lotado.

— Não, eles estavam lotados. A maioria dos lugares está. Estou a alguns quarteirões, em um hotel de beira de estrada. Eles só tinham um quarto disponível para cinco das seis noites, mas vou encontrar um lugar para ficar a última.

Pensei muito sobre como eu tinha feito Kelly ir para outro lugar, enquanto estava deitada à beira da piscina sendo servida de piña colada esta tarde. Embora não achasse que deveria ter que dividir um quarto com ele, foi errado da minha parte não me oferecer para cobrir o custo.

Ganhei muito dinheiro dos patrocinadores de Jane.

— Eu gostaria de pagar o custo do seu quarto de hotel. Você ganhou um concurso de forma justa, então não deveria ter que pagar por nenhuma das comodidades de viagem que foram prometidas a você.

Kelly acenou para mim.

— Tudo bem. Não é tão caro, o que é justo, considerando os ratos.

Meus olhos se arregalaram.

Kelly sorriu.

— Estou brincando.

Eu ri.

— Graças a Deus. É difícil dizer quando você está brincando. Como esta tarde. Estava falando sério sobre inventar... sabe, dr. Phil?

— Eu não brinco sobre vibradores — ele respondeu, fingindo seriedade.

— Oh...

Ele sorriu.

— Estou brincando. Mas para responder à sua pergunta, sim, eu inventei o dr. Phil. Sou desenvolvedor de produtos da Brinquedos para Casais Lucy Goosey.

O garçom trouxe uma cesta de chips de tortilha e guacamole e pediu para anotar nosso pedido de vinho. Eu disse a Kelly que não era exigente, e ele passou a falar com o garçom em espanhol fluente, sem precisar olhar o cardápio.

— Uau, você acabou de pedir vinho? — perguntei quando o garçom se afastou.

Ele assentiu.

— Um merlot. Li um artigo no avião sobre um vinicultor local, então perguntei ao garçom se eles o tinham. — Kelly estendeu a cesta para eu pegar um chip antes de pegar um para si. — Sabe, porque minha companheira de viagem não falou comigo durante todo o voo.

— Desculpe por isso também. Felizmente, as piñas coladas que tomei depois que chegamos me ajudaram a baixar a bola.

— Tudo bem. Só estou brincando com você de novo. — Ele mergulhou seu chip no guacamole. — Então me diga, você é realmente conselheira matrimonial, ou isso foi apenas para o programa?

— Não, sou conselheira matrimonial de verdade.

— Como é isso?

— Bem, nunca há um momento de tédio, com certeza. Em um minuto, tenho um casal chorando no meu consultório e, no seguinte, um casal está gritando a plenos pulmões.

— Sim, meu negócio é o mesmo. Alguns testadores choram, outros gritam de alegria.

Comecei a sorrir, então parei.

— Está brincando, certo?

— Sim, de fato.

— Então, como entrou nessa área de trabalho?

— Me formando em Engenharia pelo MIT, é claro.

— Não consigo saber se você está brincando ou não.

— Estou falando sério. Fui para a faculdade de Engenharia, depois fiz um período como desenvolvedor para uma empresa de robótica. Eu estava entediado até a morte. Vi um anúncio para um emprego para desenvolver produtos femininos e me candidatei, meio que por brincadeira. Sete anos depois, ainda estou lá.

— Então você gosta do seu trabalho?

— Gosto principalmente da fase de testes em humanos, onde posso experimentar os produtos nas pessoas.

Meus olhos se arregalaram.

Os olhos azuis de Kelly brilharam quando ele se inclinou.

— Respire. Estou brincando. Há uma fase de testes em humanos, mas só lemos o feedback escrito deles.

Foi mais ou menos assim que as duas horas seguintes se passaram. Kelly me entreteve com seu senso de humor seco enquanto bebíamos duas garrafas de um delicioso vinho local. Eu não conseguia me lembrar de uma época em que eu ri tanto em um primeiro encontro, exceto... que isso não era um encontro. Depois do jantar, Kelly me acompanhou até o elevador.

— A que horas você quer se encontrar para o café da manhã? — perguntou.

— Nove é tarde demais? O serviço termina às dez.

— Está bom para mim. Boa noite, Sarah.

— Boa noite, Kelly.

De volta ao meu quarto, tirei a maquiagem e me troquei para dormir. Embora vinho geralmente me deixasse sonolenta, me senti um pouco tensa quando deitei sob as cobertas. Eu também estava me sentindo um pouco *carente*. Devia ter sido toda aquela conversa sobre vibradores. Então saí da cama e fui até o bolso secreto da minha mala para pegar o brinquedinho que trouxe comigo. Levei três minutos para gozar. Quando terminei, coloquei meu vibrador pink na mesinha e estendi a mão para desligar a luz. Mas algo no fundo do brinquedo chamou minha atenção. Parecia um logotipo com duas letras cursivas entrelaçadas e, se não me engano, as letras eram *LG*. Eu o levantei para olhar melhor — com certeza, o nome do fabricante estampado na parte inferior do logotipo era *Lucy Goosey*.

Oh, meu Deus.

Seria possível que meu companheiro de viagem fosse o responsável pelo orgasmo que eu acabara de ter?

CAPÍTULO 3

Kelly

Sarah já estava sentada, com um prato cheio do bufê, quando a vi no restaurante. Fui direto para sua mesa e me sentei em frente a ela.

— Você não vai pegar comida? — ela indagou com a boca cheia. — Desculpe, eu estava com muita fome para esperar.

— Vou pegar algo em um minuto. Eu quero te perguntar uma coisa primeiro.

— O quê?

Cheio de adrenalina, arqueei minhas sobrancelhas.

— Quer fazer uma pequena excursão hoje?

— Depende.

— Você tem planos? — perguntei.

Ela limpou a boca com um guardanapo.

— Reservei um horário no spa para o meio-dia, na verdade.

— Cancele. Eu tenho algo melhor.

Sarah balançou a cabeça e tomou um gole de café.

— Não sei o que poderia ser muito melhor do que uma massagem profunda, mas estou ouvindo.

Roubando uma das uvas do lado de seu prato, mastiguei e disse:

— Aluguei um quadriciclo para passear pela praia. É a melhor maneira de ver tudo. Tem dois lugares, então seria um desperdício eu não ter alguém para ir comigo.

Ela mordeu o lábio inferior e parecia estar considerando minha oferta.

— Vamos lá — eu a incitei. — Pode ir ao spa amanhã. Mas só consegui o quadriciclo para hoje. Eles foram reservados para o resto da semana.

— Está bem, então. — Ela deu de ombros. — Sim. Eu irei.

— Legal. — Sorri antes de me levantar para ir ao bufê. — Volto logo.

Agora, eu sentia que podia relaxar e comer. Por alguma razão, estava ansioso para convidá-la para ir comigo. Mesmo que Sarah parecesse bastante distante quando nos conhecemos, ela agora parecia um pouco mais aberta para sair e se divertir em suas férias. Então pelo menos havia esperança. Eu certamente não vim nesta viagem esperando me sentir atraído pela minha companheira de viagem. Na verdade, eu não tinha expectativas sobre nada. Estava entediado um dia na hora de almoço, sem nada para fazer, quando entrei naquele concurso. Eu nunca, em um milhão de anos, pensei que realmente ganharia a maldita coisa. Provavelmente foi por isso que não levei as coisas a sério no começo. Dito isso, usei aquele traje para o aeroporto para ser engraçado. Claro, Sarah pensou que eu fosse louco. Acontece que ela estava apenas metade certa.

Vi Pen

Depois de pegar o quadriciclo e nos equipar com nossos capacetes, demos partida e exploramos a bela praia de areia branca, aproveitando o sol a pino enquanto as ondas quebravam ao longe. Eu não me importava de ter seus braços em volta de mim nem um pouco. No entanto, era difícil ouvir um ao outro enquanto estávamos andando, então tivemos que falar alto.

— Então, o que aconteceu com seu ex? — gritei enquanto acelerávamos ao longo da praia.

— Você quer que eu fale sobre isso agora, quando deveríamos estar nos divertindo?

— Por que não? Assim, podemos acabar com todas as coisas ruins. Prefere me contar sobre isso durante o jantar quando pode ouvir um alfinete cair?

Ela gritou por cima do barulho do motor:

— Ok... meu ex, Trent, com quem eu estava desde a faculdade, me trocou por sua assistente de dezenove anos. Essa é a história toda. Feliz agora? Ele me trocou por um novo modelo.

— Você sabe o que dizem quando se trata de modelos mais novos versus o original? — gritei.

— O quê?

— Já não são feitos como antigamente. Usam peças mais baratas. De qualquer forma, você é um show de mulher, Sarah. Ele está louco.

— Bem, obrigada. — Ela me segurou com mais força. — Sabe, foi bom gritar tudo.

— Sério? Faça mais um pouco.

— O que você quer dizer?

— Grite suas frustrações!

Não achei que ela fosse aceitar até que a ouvi gritar atrás de mim a plenos pulmões.

— Vá se foder, Trent!

— Ai está! — eu disse, acelerando o motor e indo um pouco mais rápido. — Ele está perdendo um bom tempo aqui também. Combina bem com ele.

Andamos sem falar um pouco.

— Sua vez — ela disse. — Sei um pouco sobre sua história de fora. Você disse que o nome dela era Kelly. O que havia de tão especial naquele vibrador, afinal?

— Cócegas no clitóris — gritei.

— O quê?

— Você não me ouviu? Ou só quer me ouvir dizer isso de novo?

— Eu te ouvi. Acho que não podia acreditar em meus ouvidos.

— Cócegas no clitóris! — gritei ainda mais alto. — Repetindo para as pessoas lá atrás. Cócegas no clitóris!

Ela estava rindo histericamente.

— Por favor, explique.

— Não sei o quanto você fica confortável com essas coisas.

— Acha que sou puritana? Pois saiba que eu, na verdade, tenho um vibrador Lucy Goosey.

— Oh, cara. Por acaso você tem a marca e o número do modelo?

— Por quê?

— Quero saber se tive alguma coisa a ver com o design.

— Posso ver e te contar. — Ela apertou meu lado. — De qualquer forma, conte-me sobre essa coisa de clitóris. Como surgiu?

— Bem, como você sabe, minha ex também trabalhou para a empresa. Uma noite, eu estava... indo com tudo nas partes baixas dela. E ela disse: "Caralho, você é tão bom nisso. Deveria patentear". Pedi que ela fosse mais específica. Ela disse que era a maneira exata que eu fazia cócegas nela com a língua. Então comecei a projetar essa engenhoca que se prenderia ao vibrador e aplicaria a quantidade certa de pressão no clitóris. A ideia de fazer cócegas no clitóris não era novidade. Mas foi o mecanismo específico e as opções de velocidade daquele anexado ao dr. Phil que o tornaram especial. Isso e o dispensador de lubrificante quente.

— Como ela pôde fazer isso com você?

— Muito fácil. Número um, ela é uma idiota. Número dois, tivemos discussões detalhadas sobre isso, então acho que facilitei. Como todas as nossas conversas eram verbais, eu não tinha como provar que não foi ela quem iniciou o design.

— Vá se foder, vadia que rouba clitóris! — ela gritou.

— Legal! — Eu ri. — Eu gosto quando você está com raiva.

— Você ficaria ofendido se eu comprasse o dr. Phil? Sabe, para ver em primeira mão do que está falando.

— Beijos de Borboleta, é como é oficialmente chamado. E nem um pouco. Eu te absolvo de qualquer culpa.

Sarah e eu nos divertimos muito no passeio de quadriciclo, mas eu não queria abusar da sorte com ela. Então, depois de devolvermos o veículo, eu disse a ela que ia voltar para o meu hotel.

— Você gostaria de se juntar a mim para jantar? — ela perguntou.

Agi casualmente.

— Sim, quero dizer, se você quiser companhia.

— Seria bom não comer sozinha.

— Essa é a única razão pela qual você me quer lá, para não parecer patética?

— Não. Eu quero você lá porque gosto da sua companhia — ela admitiu.

— Está bem, então. — Sorri. — Vou lá para tomar banho e me trocar, e te encontro no La Casa às sete.

Ela sorriu.

— Está bem.

Com cinco margaritas, Sarah já estava bêbada pra caramba. Digamos que ela perguntou se eu queria dançar, embora não houvesse música ou pista de dança no lugar. Foi tudo bem, no entanto. Ela precisava relaxar. Depois de conversar mais no jantar, descobri que ela estava mais abalada profundamente pelo término do que eu pensava. Isso tinha feito um estrago em sua autoestima e me fez querer matar aquele filho da puta por fazê-la pensar que ela era inferior, quando, na realidade, *ele* é que era o inseguro.

Tive a impressão de que ela sentiu pena de mim por causa do que aconteceu com minha ex roubando minha ideia. Eu nunca quis parecer arrogante, então não ostentava minha riqueza. Embora eu não tenha recebido crédito pelo dr. Phil, ganhei milhões criando vários novos produtos adultos que venderam muito bem. Agora eu também tinha uma quantidade razoável de ações da empresa. Basicamente, estava no hotel de beira de estrada quando poderia ter financiado essas férias para nós dois muitas vezes. Eu não tinha feito a viagem pelo passeio gratuito. Tratava-se da aventura às cegas para mim.

— Você pode me levar de volta para o meu quarto? — ela perguntou.

Fiz uma pausa, sem saber se ela estava sugerindo *mais* do que apenas uma caminhada.

— É claro. Eu não deixaria você voltar sozinha tão tarde.

Havia uma brisa suave enquanto caminhávamos de volta para a suíte de Sarah. Eu queria vê-la chegar até a porta, já que estava bêbada demais para ser confiável em encontrar seu quarto.

Quando finalmente chegamos lá, ela olhou para mim vagamente.

— Gostaria de entrar?

Não era preciso ser muito inteligente para saber que, se eu entrasse, havia uma chance muito boa de que algo pudesse acontecer entre nós. E, caramba, eu queria isso. Essa garota era tão gostosa, inteligente, engraçada, mas estava vulnerável. E como aprendi conversando com ela esta noite... era especial. Ela era real. Tão real quanto meu pau estava duro agora. Mas, infelizmente, ela estava bêbada como um gambá. E eu nunca tiraria vantagem dela nessas condições.

— Vou te dizer uma coisa... — eu disse. — Não vou entrar agora. Porque você está muito bêbada. Mas, se ainda quiser que eu te *visite* pela manhã, quando estiver sóbria, estou dentro. É só me avisar.

Ela bufou.

— Acha que estou tentando transar com você?

— Eu não disse isso. Acabei de dizer que está bêbada, e é melhor eu não entrar.

Ela apontou para o meu peito com o dedo indicador.

— Eu não estou... tentando... transar... com... você. — Ela tropeçou. — Você nem é meu tipo.

— Ah, sério? E qual é o seu tipo?

— Homens mais feios que você, normalmente. — Ela bufou.

— Isso é muito ofensivo — brinquei.

— Bem, então você se ofende facilmente.

— Definitivamente, não me ofendo. Sou um cara enorme chamado Kelly, meu sobrenome é Fugger, e eu desenho paus para viver. Com certeza não me ofendo facilmente.

Ela riu.

— De qualquer forma, não preciso que você entre. Eu tenho meu brinquedo Lucy Goosey, graças a você, Foder. — Ela soluçou. — Fugger. Foder. Que seja.

— Tudo bem, bebinha. — Eu ri. — Vá se divertir com seu Lucy Goosey. Durma um pouco. Vejo você amanhã? — Abaixei-me e beijei sua testa.

Ela sorriu para mim e soluçou novamente.

— Boa noite, Cócegas-no-Clitóris Foder Fugger.

CAPÍTULO 4

Kelly

Na manhã seguinte, Sarah não apareceu para o café da manhã. Fiquei desapontado, mas imaginei que ela pudesse ter tido um pouco de ressaca e dormido até tarde. Quando chegou a hora do almoço, voltei para o hotel dela, embora não estivesse com fome, esperando que talvez ela aparecesse na próxima refeição. Mas, depois de duas horas sentado no saguão do lado de fora do restaurante que servia o almoço tentando parecer casual, ficou claro que ela não iria. Fiz uma varredura rápida ao redor da piscina e na praia, pensando que talvez ela tivesse acabado pedindo serviço de quarto e agora estivesse tomando sol. Mas Sarah não estava em lugar algum. Isso me deixou um pouco preocupado, então decidi ligar para o quarto dela de um dos telefones do hotel antes de sair para ter certeza de que ela estava bem.

— Alô? — uma voz rouca respondeu. Eu nem tinha certeza se tinha ligado para o quarto certo, porque a pessoa parecia terrível.

— Sarah?

— Sim?

— É Kelly. Você está bem?

— Na verdade, não. Estou vomitando desde o meio da noite. E, bem, vamos apenas dizer que não é a única maneira de as coisas saírem do meu corpo.

— Ah. Que merda. Percebi ontem à noite que você pediu as duas primeiras margaritas com gelo antes de mudar para as geladas. Acha que o gelo te fez mal?

— Pode ser. — Ela suspirou. — Eu fui tão cuidadosa. Mas a tequila me deixa burra e, aparentemente, estou pagando por isso agora.

— O que posso fazer para ajudar?

— Nada. Eu acho que é basicamente esperar passar. Não resta muito no meu estômago para o meu corpo rejeitar. Agora minha cabeça está apenas latejando, provavelmente porque estou muito desidratada.

— Há uma mercearia na estrada. Vou pegar alguns suprimentos e deixá-los à sua porta.

— Não precisa fazer isso.

— Eu quero. Me dê uns dez minutos. Vou bater para te avisar quando deixar, e você pode abrir depois que eu sair, para ter privacidade.

— Ok, obrigada.

A compra dos suprimentos demorou mais do que eu esperava. Acabei indo a duas lojas, já que a primeira não tinha tudo o que eu precisava. Quando cheguei à porta de Sarah, coloquei a sacola no chão e bati levemente. Comecei a me afastar, mas a porta se abriu.

Eu me virei.

— Como se sente?

Ela sorriu sem entusiasmo.

— Tão bem quanto pareço.

O cabelo de Sarah estava desgrenhado, sua pele estava pálida e ela não tinha um pingo de maquiagem, mas ainda estava absolutamente linda.

— Se você se sente tão bem quanto parece, então vamos praticar tirolesa, porque mesmo doente você é mais bonita do que qualquer mulher neste hotel.

Ela corou.

— Isso é gentil da sua parte, mesmo que não seja verdade. Você... gostaria de entrar? Não acho que o que tenho seja contagioso...

Na verdade, eu tinha feito uma reserva para praticar tirolesa, mas se minhas escolhas fossem uma aventura na selva ou segurar o cabelo de Sarah enquanto ela vomitava, infelizmente, eu preferiria brincar de prendedor de rabo de cavalo.

— Claro, se você estiver disposta a isso.

Ela abriu a porta e deu um passo para o lado, e eu assobiei quando dei uma olhada na suíte.

— Então é assim que a outra metade vive? As baratas no meu hotel me mantiveram acordado metade da noite cantando *La Cucaracha*.

— Por favor, me diga que você está brincando.

— Estou brincando.

— Graças a Deus.

— Elas estavam cantando *La Bamba*.

Sarah sorriu e apontou para a sacola em meus braços.

— Se não tiver Gatorade nessa sacola, não posso prometer que, da próxima vez que vomitar, não será em você.

Enfiei a mão na sacola e tirei um Gatorade vermelho.

— Mesmo que a alternativa seja tão tentadora...

Sentamos no sofá da sala. Sarah bebeu o Gatorade enquanto eu descarregava o resto do meu kit personalizado de ressaca mexicana/vingança de Montezuma. Estendi cada item para ela como se eu fosse a apresentadora Vanna White.

Pepto Bismol: — Fato engraçado — eu disse. — Não há razão medicinal para ser cor-de-rosa. O fabricante adicionou a cor para torná-lo mais atrativo para as crianças.

Bolacha água e sal: — É menos sobre o biscoito e mais sobre o sal. Ele ajuda a reter água quando você está desidratada.

Ginger Ale: — Melhora o desconforto na barriga.

Uma laranja gigante: — Vitamina C.

O último item no fundo da sacola era uma caixa de balas Red Hots do tamanho das de cinema.

O nariz de Sarah franziu.

— Isso cura dor de estômago?

— Não, elas são para mim. Eu amo essas malditas coisas. Gosto de enfiar um monte na boca para que meus olhos lacrimejem.

Sarah riu.

— Obrigada por fazer tudo isso.

— Sem problemas.

— Espero não ter sido muito desagradável ontem à noite. Normalmente, só bebo duas taças de vinho, no máximo. Talvez três no Natal, quando estou com toda a minha família. Acho que, como pulei o Natal este ano, compensei o álcool perdido bebendo cinco de uma vez.

— Não, você foi divertida. Mas o que quer dizer com "pulou o Natal"?

— Meus pais são super festivos, com suéteres de Natal com sinos e tudo. — Ela deu de ombros. — Eu não estava com muita vontade de comemorar, então menti e disse a eles que meu voo foi cancelado no último minuto.

— O que você fez no dia de Natal?

— Fiquei em casa de pijama e comi um prato congelado da Lean Cuisine. Acho que pode ter sido a primeira vez em meus trinta anos que não abri um único presente no Natal.

— Isso parece... triste.

Ela riu.

— Foi, sim. Não recomendo. — Sarah abriu a tampa da garrafa de Pepto e bebeu. — O que você fez no Natal este ano?

— Minha família é bem pequena. Somos apenas eu, minha mãe e meu tio, Jimmy. Mamãe é super religiosa, então os levei à missa da meia-noite na véspera de Natal. Eu durmo na casa dela na véspera de Natal todos os anos porque o que a faz mais feliz do mundo é colocar presentes debaixo da árvore depois que eu durmo e acordarmos para abri-los todos juntos.

— Awww... Isso é tão fofo.

— Sim, minha mãe também acha. Mas é principalmente porque ela não tem ideia de que dei ao tio Jimmy seu verdadeiro presente sem ela ver.

— Que foi...

— Maconha e pornografia alemã.

— Sério?

— Sim. Ele espera ansiosamente seu único baseado e pornografia alemã da década de 1950 o ano todo.

Tornou-se uma espécie de tradição secreta, desde que encontrei acidentalmente sua coleção durante uma visita aos dezoito anos.

Ela riu.

— Isso é tão engraçado.

— Não para o tio Jimmy. Ele leva seu estoque de pornografia muito a sério.

Nas horas seguintes, acabamos falando sobre nossas memórias favoritas de Natal. Contei a Sarah sobre o ano em que minha mãe acordou minha irmã e eu de madrugada, nos colocou no carro de pijama e nos levou ao aeroporto para uma viagem surpresa à Disney. Foi o meu Natal mais feliz, até que percebi que as férias tinham sido a viagem de despedida dada pela ONG *Make-A-Wish* da minha irmã Elizabeth, e isso significava que ela morreria alguns meses depois. Ela tinha leucemia terminal. Sarah me contou sobre o garoto da casa ao lado por quem ela era apaixonada desde os dez anos, mas ele era quatro anos mais velho. E, como aos dezoito anos, ela o enganou para ficar debaixo do visco. Então, quando ele foi beijar sua bochecha, ela virou a cabeça e deslizou a língua para a boca dele.

Quando fizemos uma pausa na conversa, já estava escuro lá fora.

— Ai, meu Deus. Que horas são? — perguntou Sarah. — Ficamos sentados aqui divagando o dia todo.

Olhei para o meu celular e percebi que também era a primeira vez que eu tocava nele durante todo o dia.

— São quase oito.

— Monopolizei seu dia inteiro sentado aqui falando sobre o Natal. Você poderia estar lá fora aproveitando o sol.

— Tudo bem. Eu gosto de conversar com você.

Ela sorriu timidamente.

— Gosto de conversar com você também. Mesmo que todas as nossas conversas sobre o Natal tenham me feito perceber que fui uma idiota por pular o Natal este ano. Serão longos 362 dias até o próximo.

Isso me deu uma ideia.

— Por que esperar tanto? Não há regras sobre quando comemoramos o Natal.

— O que você quer dizer?

— Há uma árvore gigante no saguão. Acho que devemos ter seu Natal perdido amanhã à noite. Podemos até torná-lo divertido e comprar uns presentes baratos.

O rosto de Sarah se iluminou.

— Você vai ganhar as baratas de madeira que vi um cara esculpindo na rua.

Eu ri.

— Ok, mas já vou logo avisando, eu realmente sei toda a letra de *La Cucaracha*. Minha professora de espanhol, sra. Chiesa, costumava nos fazer cantar todos os anos. Se eu ganhar as baratas, saiba que você vai ouvir a música.

CAPÍTULO 5

Sarah

Kelly e eu combinamos de nos encontrar às quatro da tarde perto da árvore gigante no saguão do hotel. O plano era trocar presentes lá embaixo e depois sair para jantar. Eu estava entrando com tudo no espírito pós-Natal.

Uma das melhores partes de comemorar o Natal depois do feriado? A liberdade. Pedi ao gerente do hotel uma recomendação sobre onde conseguir coisas natalinas depois do Natal, e ele solicitou um carro de aplicativo para me levar a um pequeno centro comercial. Depois de procurar roupas em algumas lojas diferentes, consegui encontrar o suéter de Natal perfeito e feio, por uma pechincha. Como estava calor, eu só o usaria dentro do hotel e tiraria antes do jantar. E não só peguei as baratas de madeira do vendedor ambulante para Kelly, como também encontrei para ele outro presente surpresa especial de zoação.

Eu não conseguia me lembrar da última vez que fiquei tão empolgada com o "Natal". Talvez a chave fosse comemorar longe da minha família, depois do feriado de verdade, com um estranho bonito. Talvez isso precisasse ser uma tradição anual. Embora eu duvidasse que encontraria alguém por acaso novamente tão interessante quanto Kelly.

Assim que voltei das compras, tive cerca de uma hora para me arrumar. Antes de descer, coloquei uma minissaia vermelha que combinava com o suéter.

Eu estava muito animada para ver o que Kelly tinha planejado para mim. Estava alguns minutos adiantada, então fiquei ao lado da árvore de Natal gigante e esperei, segurando a sacola de presentes.

Quando me virei, avistei Kelly andando em minha direção vestindo... *o que diabos era aquilo?* Logo percebi que era um chapéu com as pernas do Papai Noel no topo. Foi feito para parecer que os pés do Papai Noel estavam presos quando ele ficou preso de cabeça para baixo na chaminé, que, no caso, era a cabeça de Kelly. Que bizarro, mas totalmente a cara de Kelly.

— Chapéu legal.

— Obrigado. Procurei em todos os lugares uma fantasia de Buddy, de *Um Duende em Nova York*, mas não tive sorte.

— Estou muito feliz que não tenha encontrado. — Eu ri.

— Mas teria sido incrível. Precisa admitir. — Ele olhou para o meu suéter, adornado com gatos bordados em chapéus de inverno. — Belo suéter. Amei.

— Foi o mais feio que encontrei. Vou tirar para o jantar, no entanto. Está muito quente.

— Tirar é ainda melhor. — Ele sorriu maliciosamente.

Soltei uma respiração pela boca, com calor.

— Vamos nos sentar para abrirmos nossos presentes?

Ele colocou as mãos nos meus ombros.

— Primeiramente, Feliz Natal.

Um arrepio percorreu minha espinha com o contato.

— Feliz Natal, Kelly.

— Acho que devemos esperar para abrir os presentes, na verdade — disse ele.

Olhei em volta.

— Esperar o quê? O que você tem aí?

Percebi que ele carregava uma mochila preta, que agora tinha tirado do ombro.

— Você não pode ter uma festa de Natal sem música e aperitivos, Sarah.

Ele tirou um boneco de Papai Noel de algum tipo de sua mochila. Apertou um botão nos pés dele antes de colocá-lo no chão ao nosso lado. O Papai Noel começou a balançar os quadris ao som de *Rockin' Around the Christmas Tree*.

— Você poderia ter apenas tocado música no seu celular, mas ele é adorável.

— A música do meu celular não teria sido tão vergonhosa. É mais divertido ver seu rosto ficar vermelho agora.

Em seguida, ele pegou alguns biscoitos de Natal em um pote de plástico que parecia ter vindo da padaria do supermercado.

Por último, ele tirou dois copos descartáveis vermelhos da mochila e uma caixa de *eggnog* antes de servir um copo para cada um.

— Estou feliz que tenha vindo preparado — eu disse.

Sentamos lá com nosso Papai Noel a pilha tocando música e bebemos *eggnog* enquanto comemos biscoitos. Apesar de estar muito quente, este foi o meu Natal favorito em muito tempo.

— Hora dos presentes! — Kelly anunciou.

Abaixei meu copo e bati palmas.

— Eu vou primeiro — eu disse. Entreguei a ele a sacola de presentes, que era estampada com pequenas árvores de Natal.

— Devo ter medo? — ele perguntou.

Eu ri.

Ele rasgou a primeira embalagem, e seus olhos se arregalaram quando ele levantou as duas baratas de madeira.

— Vejo que você é uma mulher de palavra.

— Como eu poderia *não* comprar isso para você?

— A propósito, ontem à noite, elas me fizeram uma serenata com *Feliz Navidad*.

Gargalhei.

— Eu amei. E elas sempre me lembrarão desta viagem. — Ele sorriu. — Além disso, vou poupar você da minha versão de *La Cucaracha*.

Apontei.

— Tem outra coisa na sacola.

Kelly olhou para baixo.

— Ah, sim. — Ele estendeu a mão e abriu o segundo pacote.

Quando viu o que estava dentro, seu queixo caiu. Ele as tirou e começou a sacudi-las.

— Minha vida está completa agora. Quem sabia que existiam maracas de pênis?

As maracas tinham paus como cabo e grandes testículos como cabeças.

— Dada a sua linha de trabalho, achei que são perfeitas.

— Isso aí. Esses bebês vão direto para minha mesa no escritório.

— Legal. — Eu ri e respirei fundo, ansiosa sobre que coisa maluca ele tinha comprado para mim.

— Eu tenho algo para você também. — Ele sorriu.

— Imaginei.

Kelly enfiou a mão na mochila e tirou uma pequena caixa embrulhada. Ele me entregou. Parecendo um pouco nervoso, lambeu os lábios enquanto esperava que eu abrisse.

Alguma coisa vai saltar em mim?

Quando abri a caixa, fiquei boquiaberta.

— Kelly...

Era um colar com pingente de jade mais lindo — uma pedra verde oval, cercada por pequenos diamantes.

— Isso é... é lindo. — Olhei para ele. — Não é de verdade, é? Os diamantes e tudo?

— Tudo é de verdade, sim — disse ele.

Meus olhos se arregalaram.

— Kelly... por que você fez isso? Devíamos dar presentes engraçados. Eu...

— Eu quis. E não achei que houvesse regras.

— Isso é demais — gaguejei. — Não posso aceitar.

— Bem, é melhor aceitar, porque eu não vou receber de volta.

Uau.

— É... — Suspirei.

— Olhe, você me deu estas férias. E eu queria te dar algo para se lembrar de mim. — Ele piscou. — Afinal, a pedra jade é verde-*Kelly*.

— É realmente lindo. — Passei o dedo sobre a pedra. — Você me ajuda a colocá-lo?

— É claro.

Levantei meu cabelo enquanto ele pegava o lindo colar e o colocava em volta do meu pescoço.

Acariciei a corrente.

— Vou adorar isso para sempre. Obrigada.

— De nada. — Ele sorriu.

Kelly já tinha me feito sentir especial naquela noite, e acabamos tendo um jantar incrível depois da nossa festinha de Natal. Continuamos a conversar, e eu adorei como ele era autodepreciativo, apesar do fato de que também era bem-sucedido, como descobri. E ele era uma pessoa muito boa. Mesmo depois que sua ex o prejudicou, ainda foi bom o suficiente para perdoá-la. Ele entendeu que guardar ressentimentos era pior para ele do que qualquer outra coisa. Foi sábio e ofereceu uma perspectiva que eu sabia que levaria para a vida. Na verdade, comecei a esperar de verdade que isso não fosse o nosso fim. Mas, ao mesmo tempo, eu sabia que não tinha superado o que havia acontecido com Trent e não queria enganar Kelly se não estivesse pronta para começar qualquer coisa. Mas Kelly queria alguma coisa comigo? Ele não tinha dado indícios, então eu não tinha certeza.

Depois do jantar, ele me acompanhou de volta ao meu quarto. Eu tinha feito algo antes que esperava que não saísse pela culatra agora. Estava prestes a descobrir.

Chegamos à porta e ele olhou para o visco que eu havia pendurado mais cedo.

— Bem, bem... o que temos aqui? — eu disse.

— Isso parece um visco, para mim. — Ele sorriu.

— De fato, é.

A adrenalina bombeou através de mim. Estendi a mão, envolvendo-a em sua nuca, e fiquei na ponta dos pés. Felizmente, ele baixou seu lindo rosto. Quando nossos lábios se encontraram, percebi o quanto eu estava faminta por isso. Então deslizei a língua e o ouvi rir baixinho.

Ele falou nos meus lábios.

— E ela ataca novamente.

Ele estava certo, mas, desta vez, foi muito mais doce.

Nosso beijo ficou mais intenso quando Kelly tomou as rédeas, empurrando a língua mais fundo dentro da minha boca. Ele tinha um gosto tão bom. Senti minha calcinha ficar molhada e sabia que tinha uma escolha a fazer. Poderia abrir a porta e puxá-lo para dentro ou abrir a porta e dizer adeus. No final, o medo venceu a paixão.

Eu me afastei e, de repente, disse:

— Boa noite, Fugger.

Sua boca se abriu e fechou algumas vezes.

— Ok… ãh, boa noite.

Usei minha chave e deslizei para dentro do quarto. Inclinando as costas contra a porta, ofeguei enquanto meu coração acelerou, meu corpo ainda doendo por Kelly.

CAPÍTULO 6

Sarah

Dormi muito mal.

Não só eu estava cheia de frustrações reprimidas depois do beijo incrível com Kelly na noite anterior, mas também me senti terrível pela forma como o afastei. Ele não foi nada além de gentil comigo — me levando para um passeio de quadriciclo, cuidando de mim quando eu estava doente e, então, na noite passada, ele me deu um lindo e caro colar. E o que eu tinha feito em troca? Vamos ver... Me recusei a compartilhar minha linda suíte que ele ganhou honestamente, comprei baratas para ele como presente e, ainda por cima, o arrastei para baixo do visco para um beijo e prontamente fugi como se ele tivesse me passado algo contagioso.

Esta manhã, também senti pânico porque nossa viagem estava chegando ao fim. Decidi que precisava ser madura e colocar as cartas na mesa — dizer a Kelly que eu gostava dele e que achei que talvez houvesse algo entre nós, mas que estava nervosa para entrar em algo tão cedo depois do meu rompimento. Eu esperava que talvez ele aceitasse ir devagar. Mas, quando liguei para perguntar se queria me encontrar para o café da manhã para conversarmos, ele não atendeu. Na hora do almoço, eu ainda não tinha ouvido falar dele, embora tivesse deixado uma mensagem. Finalmente, às duas da tarde, meu celular tocou. Ao ver o nome de Kelly na tela, dei um suspiro de alívio.

— Oi. Eu estava começando a ficar preocupada — eu disse. — Não é a sua cara pular uma refeição.

— Peguei um muffin no meu hotel antes de procurar um lugar para ficar amanhã à noite.

Eu tinha esquecido que o hotel onde ele estava hospedado não tinha quarto disponível para a última noite da nossa viagem.

— Teve sorte?

— Não em qualquer lugar por aqui. Todos os hotéis deste lado da ilha estão lotados. Encontrei um a cerca de meia hora de distância. Antes de fazer a reserva, liguei para o seu hotel e perguntei se havia algum quarto. Eles disseram que podem ter um para mim, mas não saberão até amanhã de manhã. Aparentemente, um hóspede teve algum tipo de emergência familiar e está tentando pegar um voo, o que liberaria uma vaga. Então pensei em esperar para reservar um lugar do outro lado da cidade, já que eles parecem ter muitos quartos lá.

— Ah, uau. Seria ótimo se você pudesse conseguir um quarto aqui.

— Sim. Nem me fale. A caminhada até um hotel, de bolas azuis, é uma merda. — Kelly riu. — Haverá menos irritação se eu estiver perto.

— Sobre isso...

— Tudo bem. Só estou brincando com você.

— Não está tudo bem. Na verdade, eu estava te procurando mais cedo, esperando que pudéssemos conversar sobre a noite passada, sobre o beijo, quero dizer. O que você está fazendo agora?

— Estava pensando em nadar. Está quente pra caramba hoje.

— Gostaria de fazer isso aqui no meu hotel? Poderíamos tomar piña colada à beira da piscina, por minha conta?

— Você vai usar o biquíni branco que estava pendurado no banheiro quando não estava se sentindo bem no outro dia?

— O pequeno branco?

— Esse mesmo.

— Claro, se você quiser.

— Você não pode me ver, mas acabei de comemorar.

Eu ri. Eu podia visualizá-lo comemorando.

— Encontro você no saguão em meia hora?

— Está ótimo.

Mesmo que eu estivesse indo para a piscina, apliquei uma maquiagem completa no rosto. Assim como usei babyliss e fiz algumas ondas soltas no meu cabelo antes de vestir o biquíni branco. Amarrei uma saída de praia branca transparente na cintura e adicionei um grande chapéu de palha e óculos escuros para completar o visual. Me olhando no espelho, achei que estava ótima. Isso me deu a confiança de que precisava enquanto descia até o saguão para encontrar Kelly. Mas minha roupa não era poderosa o suficiente para parar o nervosismo que fervilhava na minha barriga quando as portas se abriram no saguão. Eu estava ansiosa, animada e...

Mas que...

Congelei no meio do passo saindo do elevador.

Mas que merda é essa?

Pisquei algumas vezes, certa de que devia estar imaginando meu ex na recepção. Mas não tive sorte. Aquele homem era mesmo Trent.

As portas do elevador tentaram se fechar, mas eu ainda estava no meio do caminho entre dentro e fora. Então, quando elas bateram em mim, se abriram de novo. A recepcionista ouviu o barulho e olhou para cima. Percebendo minha expressão chocada, suas sobrancelhas se franziram, e Trent se virou para seguir sua linha de visão.

Um sorriso se espalhou por seu rosto irritantemente bonito.

— Aí está ela...

— O que... o que você está fazendo aqui? — Balancei a cabeça.

— Vim implorar para te ter de volta.

Alguns metros atrás dele, a porta do saguão se abriu e Kelly entrou. Ele deu uma olhada em mim e assobiou.

— Uau. Minha garota está *muito* gostosa hoje.

Os olhos de Trent foram de Kelly para mim antes de examinar o resto do saguão. Ele parecia estar procurando outra pessoa, qualquer uma além de mim com quem Kelly pudesse estar conversando. Mas nós éramos os únicos três no saguão, então era bem óbvio. Seus olhos se estreitaram.

— Quem diabos é você, e por que está chamando *minha garota* de *sua garota*?

Fui até Kelly primeiro e rapidamente expliquei quem era Trent.

— Era sobre *isso* que você queria falar comigo? — Kelly cruzou os braços à frente do peito.

Balancei a cabeça.

— Não, não, absolutamente não. Eu não tinha ideia de que ele estava vindo quando conversamos há pouco.

— Quem diabos é esse palhaço? — Trent apontou para Kelly.

— Esse é... Kelly. Ele ganhou sua metade da viagem.

— *Ganhou* minha metade da viagem? Do que está falando?

— É uma longa história, mas Jane fez um concurso no podcast e o vencedor se juntou a mim na viagem.

— Você leiloou meu lugar nas nossas férias para um encontro?

— Não, não. Não é nada disso. Não é um encontro.

Kelly franziu a testa.

— Aquele beijo no final da noite passada com certeza parecia muito com um encontro.

Trent fez uma careta.

— Você beijou esse palhaço?

Kelly se aproximou de Trent.

— Quem você está chamando de palhaço?

Ah, merda. Isso estava prestes a ficar feio. Me coloquei entre os dois homens e estendi os braços para manter distância entre eles.

— Kelly, eu não tinha ideia de que Trent viria. Você se importaria se pulássemos a piscina para que ele e eu possamos conversar?

Kelly franziu a testa e balançou a cabeça.

— Que seja. Te vejo por aí. — Ele se virou e saiu pela porta do saguão. Vê-lo ir embora chateado causou um nó na minha garganta. Então corri atrás dele. — Espere! Kelly! — Mas ele já estava indo pelo estacionamento e não voltou.

Trent me seguiu para fora.

— Sarah, o que diabos está acontecendo?

CAPÍTULO 7

Kelly

Talvez eu tenha exagerado.

Eu não deveria tê-la deixado sozinha com ele. Mas também... ela me mandou embora em vez de me dizer para ficar, então, aparentemente, ela queria um tempo sozinha com ele.

Sentado em um bar na praia não muito longe do meu hotel, reli a mensagem dela.

> **Sarah: Sinto muito que meu ex tenha aparecido. Eu não fazia ideia de que ele estava planejando vir para cá. Senti que precisava ouvir o que ele tinha a dizer. Lamento que ele tenha arruinado nossos planos e você tenha saído chateado.**

Eu não tinha respondido. Uma hora se passou, e cheguei à conclusão de que, se ela não tinha me falado que ele já tinha ido embora, talvez seu ex babaca estivesse convencendo-a. Mas estava me matando ficar sentado sem fazer nada, então finalmente respondi à mensagem.

> **Kelly: Olhe, Sarah, não sei como é o seu ex, mas sabe o que eu sei? Você merece mais do que aquele cara. Não sei o que ele está te dizendo agora, e não dou a mínima para o que ele tem a dizer. Nem todo mundo merece uma segunda chance, especialmente os idiotas mentirosos e traidores. Pronto, já disse o que eu tinha para dizer.**

Ela não respondeu. Outra hora se passou, e decidi voltar para o meu quarto e elaborar um plano de partida. Quanto mais o tempo passava, mais eu começava a sentir que ela poderia aceitá-lo de volta. E isso era péssimo. Porque eu estava realmente começando a gostar dela e tinha uma ideia diferente de como essa viagem poderia ter terminado. Por um tempo, acreditei que tinha ganhado mais do que uma viagem – parecia que tinha acertado na loteria. E agora parecia que era tudo a porra de um sonho.

Meu celular tocou. Meu pulso disparou por um segundo porque pensei que fosse ela, mas infelizmente não era. Era uma ligação do hotel de Sarah.

— Sr. Fugger? — disse uma mulher.

— Sim.

— Sou Vanessa, do hotel resort.

— Oi.

— Estou ligando para avisar que o quarto sobre o qual falamos, o que achamos que poderia estar disponível amanhã à noite, na verdade, permanecerá ocupado. A situação com a emergência familiar dos ocupantes mudou, então eles decidiram ficar até o fim da viagem.

— Ótimo — murmurei. — Bem, obrigado por me avisar.

Desliguei e puxei meu cabelo. *E agora?*

Se eu não tinha um lugar para ficar na noite seguinte, precisava reservar um voo. Não queria ficar ali, de qualquer maneira, se o "namorado" de Sarah ficasse.

Abri meu laptop para ver os voos. Havia apenas um avião de manhã e dois à noite. Liguei para a companhia aérea. O voo das dez da manhã estava lotado. Eles me disseram que poderiam me colocar na lista de espera se eu quisesse ficar no aeroporto, então foi isso que decidi fazer. Já que Sarah ainda não havia me contatado, eu estava em paz com a decisão de ir embora. Seu silêncio falou tudo.

Na manhã seguinte, eu estava com tudo arrumado, mas senti minha decisão vacilar um pouco. Meu plano original era ir embora em silêncio, fazendo pouco barulho. Mas uma parte de mim não poderia fazer isso sem ver o rosto dela uma última vez. Eu devia a ela pelo menos um adeus adequado depois do tempo que passamos juntos, apesar da amargura por ela não responder minha mensagem.

Decidi tomar café da manhã no restaurante do hotel dela. Caberia a ela querer se juntar a mim. Quando cheguei lá, mandei uma mensagem. Se ela não respondesse, seria a última vez que eu entraria em contato.

> **Kelly: Oi. Não tenho certeza se você ainda está dormindo. Mas queria que soubesse que estou aqui no restaurante para um café da manhã rápido antes de ir para o aeroporto. Vou embora em breve, se você estiver por aqui para dizer adeus.**

Nem mesmo dois segundos se passaram antes que uma resposta chegasse.

> **Sarah: Adeus? O que você quer dizer?**
>
> **Kelly: Tive que fazer o check-out no hotel, e o quarto aqui não deu certo. Entre isso e seu parceiro de férias original aparecendo, achei melhor ir embora mais cedo. Meu voo sai às dez horas.**
>
> **Sarah: Seu voo? Ai, meu Deus! Não ouse ir embora! Estou descendo agora mesmo.**

Confuso, sentei-me a uma mesa e esperei.

A próxima coisa que vi foi Sarah correndo para o restaurante — em um roupão de banho curto e branco.

Não pude deixar de rir enquanto me levantava da mesa.

— Você poderia ter se vestido.

Ela prendeu a tira em torno da cintura.

— Você realmente ia embora?

— Você não me mandou mensagem de volta ontem à noite. O que esperava?

— Não isso! — Ela suspirou. — Trent não queria ir embora. Passamos horas nessa, principalmente ele tentando dar desculpas para o que fez e explicando por que eu deveria aceitá-lo de volta. Foi uma tortura. Quando ele finalmente desistiu e percebeu que eu não o deixaria ficar comigo, era tão tarde que decidi entrar em contato com você esta manhã. Mas você foi mais rápido.

Meus olhos se estreitaram.

— Onde ele está?

— Voltou para o aeroporto tarde da noite passada.

— Ele se foi?

— Sim. Eu o mandei fazer as malas. Nunca vou aceitá-lo de volta depois do que ele fez comigo. Nunca.

O alívio tomou conta de mim.

— Bem, que bom.

— Ele me pediu para explicar o que estava acontecendo entre mim e você. Eu disse a ele a verdade: que, claro, você ganhou o concurso, mas que acabou sendo muito mais. — Ela avançou em minha direção. — Kelly, no pouco tempo que nos conhecemos, você me ensinou que a vida é muito curta para perder tempo com quem não me valoriza. A última coisa que eu disse a Trent foi que eu enviaria a ele um de seus vibradores de cócegas no clitóris para que ele pudesse dar para a coitada da próxima mulher que ele foder, porque ela vai precisar quando ele a deixar excitada e insatisfeita. Ele olhou para mim como se eu fosse louca, mas não me importei. — Ela riu, então disse: — Percebo agora que deveria ter te mandado uma mensagem ontem à noite para te contar tudo isso. Nunca imaginei que você tentaria ir embora tão cedo.

— Achei que você estivesse... com ele. Não queria ficar por aqui para ver isso.

— Não. — Ela balançou a cabeça. — Tudo o que eu queria esse tempo todo era voltar para você, voltar para aquele momento em que você e eu iríamos tomar piña colada na piscina. Sinto muito que isso nunca tenha acontecido.

Dei um passo mais para perto.

— Você disse que precisava falar comigo ontem, antes de ele aparecer. O que era?

— Eu ia pedir para você passar esta noite comigo. No meu quarto. No nosso quarto. O quarto que era seu por direito desde o início.

Meu coração acelerou quando afaguei sua bochecha.

— Tem certeza de que é isso que você quer?

— Nunca tive tanta certeza de algo.

Soltando um suspiro, tentei não parecer muito animado. *Mas eu estava.*

— Ok. Se é o que você quer.

Ela olhou para si mesma.

— Preciso vestir algo mais apresentável. Você pode subir um pouco e depois podemos descer para o café da manhã juntos? Pode colocar todas as suas coisas lá.

Juntei minhas coisas enquanto a adrenalina bombeava através de mim.

— Vamos lá.

Segui Sarah de volta ao quarto dela e notei que ela não havia tirado o visco.

— Você o manteve pendurado.

— Sim. — Ela sorriu quando suas bochechas ficaram vermelhas.

Antes que ela tivesse a chance de abrir a porta, eu a puxei para mim, tomando seus lábios com os meus. Mal podia esperar para prová-la novamente. Sarah gemeu em minha boca enquanto usava o cartão-chave para abrir a porta, nossos lábios ainda travados, nossa língua se enrolando.

— Talvez pudéssemos pular o café da manhã — disse ela em minha boca.

Meu coração trovejou contra meu peito. Parei e olhei em seus olhos.

— Preciso que esclareça o que está insinuando porque estou muito animado agora e posso muito bem entender errado.

— Você me quer, Kelly? — ela sussurrou.

— Porra, sim. Eu quero você em todos os sentidos. — Puxando-a para perto, eu falei: — E só para deixar claro, com isso quero dizer mais do que apenas uma aventura de férias, Sarah. Quero que continuemos nos vendo quando chegarmos em casa... se for isso que você quiser.

— É *o* que quero. E *também* para deixar claro, não estou usando nada por baixo disso.

Senti meu pau endurecer.

— Está dizendo o que eu acho que está dizendo?

— Estou dizendo que quero transar agora, se é isso que você quiser também.

Minha boca se curvou em um sorriso enorme quando balancei a cabeça.

— Quer sentar no meu trenó?

Seus olhos se arregalaram.

— O quê?

— Transar na época do Natal... "sentar no trenó".

Ela bufou.

— Essa é provavelmente a coisa mais brega que você disse até agora, Fugger. — Ela passou as mãos pelo meu cabelo. — É uma coisa boa você ser irresistivelmente bonito... com talentos especiais.

— Você não tem ideia. — Gesticulei em direção à minha bolsa. — Eu tenho duas maracas de pênis lá para as quais tenho planos... e uma língua faminta. Será oficialmente o ano que vem quando você quiser sair deste quarto. — Eu a levantei.

Ela envolveu suas pernas em volta de mim.

— Bem... Feliz *Fugging* Natal para mim!

FIM

APAGUE AS LUZES PARA O AMOR

CAPÍTULO 1

Josie

— Que porra você está fazendo?

Eu estava curvada, envolvendo luzes ao redor da base da minha caixa de correio, e a grosseria na voz de um homem atrás de mim me fez pular. Quando me levantei, minha cabeça bateu na caixa de correio.

— *Aiiii.* — Esfreguei o topo da cabeça e olhei para o homem cuja voz tinha me assustado. Meu vizinho estava estacionado em frente à minha casa, em sua caminhonete ridiculamente grande. — Jesus, não se aproxime assim das pessoas. Que porra *parece* que estou fazendo?

Ele olhou para o meu gramado.

— Parece que alguém vomitou o Natal em todo o lugar.

Fiz uma careta. Deus, esse novo vizinho sempre foi tão mal-humorado. Era péssimo, porque ele também era muito gostoso. Ele me lembrava daquele ator britânico do filme *Divergente*... Theo alguma coisa. Mas só porque ele tinha lábios carnudos, um maxilar esculpido e olhos da cor de chocolate derretido, não queria dizer que eu iria tolerar que ele insultasse minha decoração de Natal que me dava orgulho e alegria.

Minhas mãos foram para os quadris.

— Estou apenas começando. Levo duas semanas inteiras para montar tudo.

— Você quer dizer que há *mais* do que tudo isso?

— Claro que sim.

Ele balançou a cabeça.

— Essas luzes no seu telhado já vão brilhar na minha janela à noite.

Eu quase ri. Ele estava preocupado com os dois cordões de pisca-pisca pobrezinhos que eu tinha colocado esta tarde? Isso não era *nada* comparado ao que teria em 1º de dezembro. Eu tinha certeza de que os astronautas no espaço apreciavam o brilho da minha casa durante as festas de fim de ano.

Dei de ombros.

— Talvez você devesse comprar aquelas cortinas blecaute que as pessoas que trabalham à noite e dormem de dia usam.

O sr. Mal-humorado franziu a testa. Sem uma palavra, ele acelerou e entrou na garagem em frente à minha. Achei que seria o fim da história, mas, depois que saiu do carro, ele caminhou de volta para o outro lado da rua.

— Por favor, não me diga que tudo isso atrai atenção e as pessoas passam a qualquer hora da noite para ver um monte de luzes e bonecos bobos se movendo no seu gramado.

Apertei os lábios.

— Ok. Eu não vou.

Ele estreitou os olhos.

— Você não vai o quê?

— Eu não vou te dizer que as pessoas vêm de todos os lugares para ver minha decoração, mesmo que essa seja a verdade.

O sr. Mal-humorado passou a mão pelo cabelo.

— Comprei esta casa porque o bairro é tranquilo. A maioria das casas por aqui é usada apenas sazonalmente, e eu viajo a maior parte do verão quando fica movimentado. Achei que estaria vazio aqui no inverno.

Ele não estava errado. Esta área dos Hamptons era, principalmente, de residências de veraneio. A população no verão ficava quinze vezes maior que a do inverno. Pessoas que passavam o ano todo aqui, como eu, não eram a regra.

— Fica tranquilo durante a maior parte do inverno — eu disse.

Embora eu não tenha me incomodado em acrescentar que, em apenas algumas semanas, nosso pequeno quarteirão teria um fluxo constante de carros passando. As pessoas vinham de todas as cidades vizinhas para ver minhas decorações. Ele teria que aguentar isso. Afinal, o dinheiro que as pessoas doavam quando passavam era para a caridade.

Os olhos do sr. Mal-humorado percorreram meu rosto. Aparentemente, o que quer que ele estivesse procurando não encontrou, porque franziu a testa e voltou para sua casa sem dizer mais nada.

Suspirando, me ajoelhei para terminar de acender as luzes da caixa de correio e murmurei:

— *Que rude.*

— Rude é ser imprudente com as pessoas ao seu redor! — meu vizinho gritou enquanto ia até sua garagem.

Como ele tinha me ouvido?

Coloquei as mãos em volta da boca e me inclinei em direção à sua casa enquanto gritava de volta:

— Ou dizer que o trabalho duro de alguém parece vômito!

Ele respondeu com a batida forte da porta da frente.

Que idiota.

Vi Pen

Na semana seguinte, fui fazer compras com minha amiga Sarah para adicionar novos itens à minha decoração. Sarah morava em Manhattan e passava principalmente os verões nos Hamptons, mas tudo o que eu precisava fazer era *mencionar* a palavra compras e ela vinha no mesmo dia.

Após nossa missão concluída, começamos a descarregar o porta-malas do carro na minha garagem. Devia haver pelo menos vinte sacos de luzes e enfeites, além disso, o banco de trás tinha dois lindos quebra-nozes de um metro e oitenta de altura que peguei em uma incrível liquidação antecipada. Enquanto eu pegava mais algumas sacolas, a caminhonete grande e desagradável do sr. Mal-humorado desceu a rua. Eu não o via desde nosso adorável último encontro na minha caixa de correio havia alguns dias. Ele balançou a cabeça enquanto passava e estacionava na garagem.

Minha amiga se virou e viu de relance o homem ao volante.

— *Ooooh...* — ela balbuciou. — Eu tinha me esquecido completamente dele. Vizinho Gostoso se mudou durante a primavera, certo? Por que não o vimos durante todo o verão?

Dei de ombros.

— Acho que ele comprou a casa em abril. Mas não ficou muito por aqui até recentemente.

Sarah olhou para o outro lado da rua e acenou.

— Deus, ele é realmente lindo. O marido de Emily Vanderquint o mencionou na festa deles do Dia do Trabalho. Disse que ele é tipo um autor. Algo sobre uma turnê de livros no verão? Aparentemente, ele é muito popular, provavelmente por isso não estava muito por aqui.

— Sim, pois é, ele também é um idiota.

— Sério? — Ela lambeu os lábios. — Eu não ligo se for idiota. Quanto mais carrancudo, mais quente é o sexo. Você está... interessada nele?

Bufei.

— Com certeza não. Se ele ainda não me odeia, vai me odiar em seis dias.

— Então... não se importaria se eu fosse até lá e dissesse oi, né?

Uma inesperada pontada de ciúme me atingiu, embora isso fosse ridículo. Dei de ombros e fechei o porta-malas.

— Fique à vontade. Vá em frente.

Sarah sorriu, ajeitou o cabelo e deu um pequeno puxão na bainha do suéter, o que fez com que o decote em V mostrasse mais seus peitos.

— Deixe os grandes quebra-nozes no banco de trás — disse ela. — Vou pedir ajuda a ele para tirá-los.

— Ãhhh... Essa provavelmente não é uma boa ideia. O homem detesta minha decoração de Natal.

Mas Sarah já estava atravessando a rua. Ela ergueu a mão e gritou enquanto ele caminhava até a porta da frente.

— Iu-hu! Sr. Vizinho!

Revirei os olhos e fui para a garagem para guardar as sacolas do meu porta-malas. Alguns minutos depois, Sarah voltou com o sr. Mal-humorado a tiracolo.

— O Cole vai nos ajudar a tirar aqueles quebra-nozes pesados.

Sorri para ele.

— Cole? Esse é o seu nome verdadeiro ou o que o velho Noel deixa na sua meia porque você é um scrooge[2]?

O sr. Mal-humorado tentou manter um rosto estoico, mas peguei a

2 Referência a Scrooge, personagem principal de *Um Conto de Natal*, de Charles Dickens. O livro conta a história de um homem avarento que abomina o Natal. (N.T.)

pequena contração no canto de sua boca. Sarah abriu a porta traseira do meu carro e ele olhou para dentro.

— Puxa, um quebra-nozes para a mulher que gosta de arrebentar minhas bolas. Que apropriado.

— Boa essa. — Eu ri. — No entanto, sua espirituosidade não compensa o seu mau humor.

Sarah interrompeu:

— Eu, ãh, na verdade, tenho que ir embora... estou atrasada para um compromisso. Divirtam-se!

Ela desapareceu, entrando em seu carro antes que eu pudesse lhe dar um olhar de reprovação. De propósito, ela me deixou sozinha com esse cara rabugento.

Ele a observou ir embora, então se virou para mim.

— Então, por que exatamente estou contribuindo para esse vômito natalino de novo?

Inclinei minha cabeça.

— Porque, no fundo, você tem uma alma, *Cole*?

— Não, não pode ser isso. Perdi minha alma na Quaresma do ano passado e nunca a recuperei. — Ele piscou, exibindo um sorriso travesso que me fez formigar um pouco.

Cole, o idiota, era absolutamente gostoso pra cacete.

— Bem, agradeço por você me emprestar seus músculos, de toda forma — eu disse.

Ele olhou em volta para as decorações e luzes que eu tinha colocado até agora.

— Sério, por que você faz tudo isso? É muito trabalho. Por que não ir visitar as decorações em outro lugar?

— Se todos pensassem assim, não haveria nada na vida para desfrutar. Às vezes, você tem que ser a mudança que quer ver no mundo. — Tentei desconsiderar as emoções borbulhando, porque, no fundo, eu sabia que não era minha única motivação. — De qualquer forma... tenho meus motivos.

Cole ergueu uma sobrancelha.

— Você gosta de atenção?

— Se atenção significa fazer outras pessoas felizes, então sim, eu gosto disso. — Pisquei. — A propósito, já que você optou por não participar da linha de luzes do nosso quarteirão, não se surpreenda se vir crianças chorando quando passarem por sua casa porque é uma grande decepção. Você vai se destacar como um polegar dolorido, sendo a única casa escura.

— Há apenas cinco casas em nosso quarteirão, e não vejo uma luz acesa em duas delas há semanas.

Apontei para cada casa enquanto falava.

— O filho dos Martins estará aqui neste fim de semana para colocar suas decorações. Eles passam o inverno na Flórida, mas o filho ainda vem e monta uma decoração simples que funciona como um cronômetro. Os Ackerman contratam uma empresa para montar a deles, e a velha sra. Becker aparece e acende suas próprias luzes, mesmo tendo quase oitenta anos. É para caridade, e fica legal quando o quarteirão inteiro está iluminado ao redor da minha decoração. *Você* é o único scrooge.

— Vou viver com essa culpa, mas obrigado pelo aviso. — Ele se inclinou para alcançar meu banco de trás. — De qualquer forma, deixe-me tirar isso para você. — Observei meu vizinho levantar lenta e cuidadosamente o primeiro soldado pesado do carro. — Onde você o quer?

Eu apontei.

— Do lado esquerdo da minha porta da frente, por favor. O outro pode ficar do lado oposto. — Bufei. — "Eles vão ficar de guarda."

— Incrível — disse ele. Posicionou o soldado e voltou para o carro. — E pensar que acabei de instalar um sistema de segurança em casa. Se eu soubesse que essas coisas protegeriam o bairro, não teria me dado ao trabalho.

Depois que ele colocou o segundo soldado em seu devido lugar, eu disse:

— Bem, obrigada pela ajuda.

Ele revirou os olhos.

— Talvez o Papai Noel seja legal comigo este ano.

Por alguma razão, senti que deveria lhe oferecer algo para agradecer.

— Você... gostaria de entrar para tomar uma taça de vinho? — *O que estou fazendo?*

Ele coçou o queixo, olhando para os sapatos.

— Na verdade, não posso. Tenho uma reunião virtual de trabalho em alguns minutos.

— Ou pode ser que você não queira confraternizar com a vizinha excessivamente alegre. — Eu ri, me sentindo idiota por convidá-lo para entrar. — O que exatamente você odeia tanto nas luzes de Natal?

— Bem, por um lado, atrai atenção desnecessária. Há muitas vantagens em se ter paz na frente de casa. Quero poder andar de cueca sem ter que me preocupar com alguém espiando pela minha janela.

— O Natal tem que parar porque você não quer usar calças?

— Bem, eu não sabia no que estava me metendo quando me mudei para a Vila do Papai Noel.

Isso me fez rir.

— É justo. De qualquer forma, obrigada pela ajuda.

— Sem problemas. — Ele assentiu e voltou para o outro lado da rua.

Observei enquanto ele se afastava, apreciando a vista de sua bela e poderosa bunda, e o imaginei saltitando de cueca ao som de *Jingle Bell Rock* vindo do meu gramado da frente.

CAPÍTULO 2

Cole

Todos os homens se depilam, certo?

Era hora da minha aparada do mês. Então tirei a roupa e fiquei em frente ao espelho do banheiro, tirando um tempo para apreciar os resultados da malhação pesada que eu vinha fazendo na academia.

Enquanto ligava a maquininha, pensei na minha vizinha maluca, Josie. Eu poderia ter falado merda para ela, mas ela era muito bonita. Pena que me lembrou de alguém que eu queria esquecer, e isso me deixou desconfortável perto dela.

Josie. Aparando sua árvore do outro lado da rua, enquanto eu estava ali aparando as sebes ao redor do meu pau.

Rindo por dentro, eu tinha acabado de começar a raspar a primeira parte quando tudo ficou preto. As luzes do banheiro haviam se apagado.

— Que porra é essa?

Eu tinha certeza de que tinha raspado algo que não pretendia. Tirei a maquininha da tomada e saí do banheiro, descobrindo que as luzes de todo o resto da casa estavam apagadas.

Olhei pela janela. As outras casas da rua também estavam escuras. Então me ocorreu: *Josie*. Hoje era a primeira noite de sua decoração de luzes. Ela quase me cegou no meu caminho de volta de tomar uma bebida com alguns amigos. Foi a primeira noite de suas travessuras natalinas, e de repente toda a energia acabou? Não havia como essas duas coisas não terem nada a ver uma com a outra.

Eu não conseguia ver nada, mas fui até o armário e peguei o que parecia ser uma calça jeans. Bufei e a vesti antes de encontrar uma camisa qualquer.

Cuidadosamente, me aventurei no andar de baixo e peguei uma lanterna debaixo da pia da cozinha. Então atravessei a rua até a casa de Josie. Não parecia haver ninguém nas casas vizinhas. Elas agora tinham decorações, mas eu não tinha notado suas luzes mais cedo esta noite. Claramente, Josie tinha explodido a rua inteira.

Ela já estava na frente de sua casa quando cheguei, como se estivesse me esperando.

Suas mãos estavam nos quadris.

— Então... seu desejo se tornou realidade — disse ela. — Agora não apenas minhas luzes estão apagadas, mas toda a rua está escura. Feliz?

Ela deve estar de brincadeira. Está colocando a culpa em mim? Balancei a cabeça.

— Sim. Estou superanimado. Adoro escrever no escuro quando estou com o prazo apertado. Adoro especialmente quando meu laptop não está carregado e não tenho como pegar meu manuscrito. — Balancei a cabeça. — Isso acontece com frequência quando você drena a energia da vizinhança?

— Não ponha essa na minha conta. Não é minha culpa que as luzes se apagaram. Eu culpo seu mau agouro mais do que o fato de eu usar um pouco de energia extra.

Zombei.

— Um *pouco* de energia extra? É como dizer que as Kardashian estão *um pouco* superexpostas. — A mulher tinha uma pista de gelo montada na garagem com meia dúzia de patinadores em tamanho real circulando ao som da maldita música de Natal, e isso não era nem uma fração da merda que ela estava fazendo.

— Talvez tenha sido *você* quem explodiu a energia — ela rebateu. — Vejo você mexendo com serras e outras coisas na garagem às vezes. Em que ferramenta elétrica *você* estava mexendo quando a luz acabou?

Isso quase me fez rir. Eu estava mesmo mexendo com uma ferramenta elétrica... Pigarreei.

— Quanto tempo isso geralmente dura?

— Não sei. — Ela bufou. — A energia nunca acabou.

Excelente. Simplesmente ótimo.

— Bem, você pelo menos ligou para lá?

— Não... *você ligou*?

Suspirei e passei a mão pelo cabelo.

— Você tem velas? Não estou exatamente preparado para um apagão.

Josie assentiu.

— Tenho. Mas você pode entrar na minha casa com a lanterna para que eu possa encontrá-las? Tive que usar as baterias da minha lanterna para algo na minha decoração.

Murmurei:

— Claro que teve.

O interior da casa de Josie cheirava como uma padaria. Iluminei a cozinha.

— Você estava fazendo biscoitos ou algo assim?

— De chocolate e passas, aveia e abóbora. Quer um?

Considerando que eu estava salivando com o cheiro, e meus planos eram usar eletricidade para esquentar comida congelada no micro-ondas mais tarde, não parecia sensato deixar passar a oferta.

— Claro.

— Pode apontar a lanterna para a mesa, por favor? Está à sua direita.

Movi a luz naquela direção, e meus olhos se arregalaram.

— Quantos biscoitos você fez? — Deveria haver pelo menos uma dúzia de bandejas alinhadas na mesa, cada uma com um monte de biscoitos embrulhada em celofane.

Ela tirou o embrulho de uma das bandejas e pegou dois biscoitos.

Passando-os para mim, ela disse:

— Fiz dezoito dúzias. No ano passado, fiz quinze na primeira noite e acabou uma hora antes do final da noite.

— Jesus, imaginei que você tivesse visitantes, mas não a esse ponto. Eu não achava que houvesse mais de 180 pessoas nesta parte de Westhampton Beach.

Ela sorriu.

— Sou professora da terceira série em East Hampton. Muitos dos meus alunos vêm. Alguns estão na faculdade agora e ainda voltam todos os anos.

Mordi um dos biscoitos.

— Caramba. Isto é bom. Acho que se eu tivesse uma professora que se parecesse com você e fizesse coisas com esse sabor, provavelmente ainda voltaria aqui, mesmo na minha idade.

Mesmo com apenas a luz da lanterna, pude ver Josie corar. Isso me surpreendeu; ela tinha que estar acostumada a elogios sobre sua aparência.

— Humm... minhas velas devem estar na gaveta de cima do aparador na sala de jantar — disse ela. — Siga-me com sua lanterna.

Ela tirou um monte de velas de uma gaveta, e então foi até a cornija da lareira e pegou um isqueiro. Depois de acender algumas velas ao redor da sala, ela me entregou duas velas novas.

— Aqui está. Estas são do Dia de Ação de Graças, então podem cheirar a abóbora ou especiarias.

Balancei a cabeça.

— Obrigado.

A cintilação da vela que ela segurava acentuou o azul de seus olhos, e, *caramba*, eles eram lindos. Forcei meu olhar para outro lugar e acenei em direção à porta.

— Eu vou, ãh, voltar para minha casa e ligar para a companhia elétrica.

— Ok. Obrigada. Vou ligar e relatar a queda de energia também.

Três horas depois, liguei para a companhia elétrica pela segunda vez para ver se eles tinham um prazo para restaurar o serviço, mas ainda não tinham ideia. Eu realmente precisava trabalhar. Minha caminhonete tinha uma tomada, então pensei em sentar no carro para carregar meu laptop o suficiente para ver onde havia parado no manuscrito. Pelo menos eu poderia escrever usando papel e caneta esta noite.

Mas, quando levantei a porta da garagem para não me sufocar com a fumaça do escapamento, olhei para o outro lado da rua e vi dois quartos iluminados na casa de Josie.

Que porra é essa? Eles restauraram a energia dela e não a minha?

Há quanto tempo ela tinha eletricidade?

Em vez de ligar o caminhão, atravessei a rua e bati na porta de Josie.

— Quando sua energia voltou?

— Ah... — ela disse. — Não voltou. Eu tenho um gerador a gás. Fui ao posto de gasolina há um tempinho.

Fiz uma careta e levantei o laptop na minha mão.

— Você se importa se eu carregar isso?

— Não, claro que não. — Ela deu um passo para o lado para eu entrar e apontou para um filtro de linha no chão da sala. — Vá em frente. Fique à vontade.

Depois de conectar e ter certeza de que meu laptop estava carregando, olhei ao redor para ver como era a casa dela acesa.

— Volto em uma hora para buscá-lo, se estiver tudo bem.

— Claro.

A caminho da porta da frente, Josie me chamou.

— Cole?

Eu parei.

— Sim?

— Está com fome? Acabei de fazer uma bandeja de manicotti caseiro.

Enquanto eu debatia os prós de uma boa refeição e os contras de passar tempo com uma mulher que me lembrava Jessica, meu estômago roncou. *Alto.*

Josie riu.

— Vou tomar isso como um sim.

— Ãhh... — Dei de ombros. — Claro, por que não?

Vinte minutos depois, estávamos sentados à mesa da sala de jantar. Como a sala de Josie não tinha uma lâmpada para ligar a um filtro de linha, comemos à luz de velas.

O cômodo estava tão quieto. Eu a observei enquanto ela enchia sua taça de vinho. Enquanto isso, ela olhou para cima e flagrou meus olhos nela.

— O que foi? — ela indagou.

Balancei a cabeça.

— Nada.

— Bem, você está olhando para mim, então não é nada. Diga-me no que estava pensando.

Já que *o sabor dos seus lábios* provavelmente não era uma boa resposta, eu disse outra coisa que eu estava pensando.

— O que fez você começar com o excesso de decoração de Natal?

Ela sorriu tristemente.

— William. William me fez começar. Ele foi meu aluno nove anos atrás, no meu segundo ano de ensino. Tinha espinha bífida e estava confinado a uma cadeira de rodas, mas nunca daria para saber por sua atitude. Ele era a criança mais feliz que já conheci, e *amava* o Natal. Ele costumava decorar sua cadeira de rodas com luzes e enfeites dois meses antes da data. Por causa de seus problemas na medula espinhal, passou por algumas cirurgias nas costas. Estava se preparando para a sexta, que estava marcada para depois que o ano letivo terminasse. Era para dar a ele a chance de se locomover com um andador pela primeira vez. A última coisa que ele me disse antes das férias de verão foi que tudo ia ficar bem porque ele tinha pedido ao Papai Noel para ficar de pé em dezembro. — Josie balançou a cabeça e enxugou uma lágrima do olho. — Um coágulo sanguíneo inesperado se rompeu durante a cirurgia e foi para o coração dele. Morreu na mesa de cirurgia.

— Jesus. Sinto muito.

Ela enxugou outra lágrima.

— Está tudo bem. Você pode achar que, depois de quase dez anos, eu seria capaz de falar sobre isso sem chorar. Mas, aparentemente, não.

— Você tem todos os motivos para estar triste. Não há cronograma para a cura de algo assim.

Josie forçou um sorriso.

— Obrigada. De qualquer forma... eu queria fazer algo para homenagear William. Então, no ano seguinte, fiz uma grande decoração de Natal e coloquei uma caixa de coleta para doações para a Associação da Espinha Bífida. Alguns dos pais ouviram falar e vieram fazer doações. Uma coisa levou a outra e, a cada ano, eu aumentava a decoração e mais crianças vinham. Arrecadamos mais de cinquenta mil dólares nos últimos nove anos.

— Uau. Que fantástico.

— Sim. William ficaria entusiasmado com a decoração, então fico feliz em fazer isso todos os anos.

E ali estava eu, evitando essa mulher porque ela me lembrava de Jessica. Ela não era nada como minha ex. Era gentil e carinhosa, e, caramba, sabia cozinhar.

Coloquei um pedaço de manicotti no garfo e parei com ele a meio caminho da boca.

— Está delicioso, a propósito. Melhor prato que comi em... não sei quanto tempo.

— Obrigada. Tem mais. Tenho o mau hábito de cozinhar para quatro pessoas, embora seja só eu bancando a velha.

Josie realmente parecia o pacote completo, então como é que ela estava só *bancando a velha*?

— Por quê?

— Por que eu cozinho para quatro?

— Não, por que não há ninguém em sua vida para você cozinhar?

— Ah... — Ela deu de ombros. — Não sei. Eu vou a encontros de vez em quando. Tive um namorado por um tempo, mas terminamos no ano passado. Então acho... que só não encontrei a pessoa certa.

Assenti.

Josie tomou um gole de vinho.

— Tem certeza de que não quer um pouco? Este merlot é delicioso.

Eu tinha recusado mais cedo, já que tinha que trabalhar naquela noite. Mas, quando ela ofereceu pela segunda vez, não pude resistir.

— Claro, por que não?

Ela me serviu uma taça e olhou para mim por cima da sua.

— E você... qual é a sua história? — Ela apontou para o meu prato vazio. — Considerando o jeito que você acabou de engolir a comida, presumo que não tenha uma mulher em sua vida cozinhando para você.

Balancei a cabeça.

— Nenhuma mulher na minha vida mais. Mas, mesmo quando a última ainda estava por perto, não tinha refeições caseiras. Minha ex, Jessica, queimava até água.

Josie riu.

— Tenho certeza de que ela não era tão ruim.

— Ela tentou me fazer um bolo de aniversário certo ano. Colocou fogo no forno. O corpo de bombeiros destruiu minha cozinha, apagando-o.

Josie riu, provavelmente achando que eu estivesse exagerando. Infelizmente, eu não estava.

Olhei para o outro lado da mesa para ela, absorvendo seu sorriso. A luz da vela lançava um brilho em seu rosto que criava uma aura angelical. Ela realmente era linda, e, no momento, enquanto sua guarda estava baixa, parecia vulnerável. Isso me fez querer ser honesto com ela.

— Peço desculpas por ser tão duro com você sobre sua decoração de Natal.

— Tudo bem. Entendo como o trânsito pode incomodar,

principalmente, para quem trabalha em casa e conta com o silêncio.

Olhei para o meu prato por um momento.

— Ser um idiota, na verdade, não teve nada a ver com sua decoração de Natal, para ser sincero.

Ela me deu um olhar.

— Não?

Balancei a cabeça.

— Você meio que me lembra de alguém, e isso pode ter me deixado um pouco mais mal-humorado com você.

Josie franziu a testa.

— Eu te lembro de alguém?

Assenti.

— Minha ex tinha cabelos longos e escuros e pele clara como você. Ela era magra e... bem, curvilínea como você. Também dirigia o mesmo Audi vermelho que você e adorava as festas de fim de ano, embora adorasse o Natal porque significava fazer compras e receber presentes. Não pelas razões certas, como você.

— Então foi um idiota comigo porque pareço com sua ex-namorada?

— Agora acha que sou ainda mais idiota, certo?

Ela riu.

— Realmente nunca pensei que você fosse um idiota. Geralmente, há uma razão quando alguém é tão negativo. Não se trata de seus sentimentos em relação aos outros; é um reflexo de si mesmo, como a pessoa se sente sobre si mesma especificamente, seus próprios medos e problemas.

Inclinei a cabeça.

— Ah. Você é muito analítica. Eu deveria te entrevistar para um dos meus artigos.

Seus olhos brilharam.

— O que você escreve?

Limpei a boca.

— Sou pesquisador especializado na conexão entre neurociência, psicologia e epigenética. Escrevo uma série de artigos sobre a conexão mente-corpo, como mudar sua mentalidade pode mudar sua saúde e sua vida como um todo.

Ela ficou boquiaberta.

— Meu vizinho mal-humorado é um guru de autoajuda? Eu nunca imaginaria isso.

— Bem, há muitas ironias na vida, certo?

— Muitas vezes me perguntei o que você escrevia, se talvez fosse um autor tipo o Nicholas Sparks, escrevendo sob um pseudônimo. Isso sempre me fez rir porque o romance parece ser a antítese de você.

Dei risada.

— Porque eu tenho sido tão briguento e confuso?

Ela balançou a cabeça.

— Isso mesmo.

— Bem, muita gente acha que meus artigos são uma merda. Mas eu vi algumas coisas incríveis acontecerem quando as pessoas são capazes de reconectar o cérebro. — Suspirei. — Reconheço, porém, que às vezes não pratico o que prego. Ainda tenho o hábito de não cuidar de mim mesmo, remoendo o passado ou permitindo que a raiva e o estresse entrem na minha vida diariamente, mesmo sabendo que há passos que posso seguir para controlar essas coisas.

Ela assentiu.

— Então, como fazer isso exatamente, mudar seu cérebro?

— Não há uma resposta simples para essa pergunta. Mas a essência é uma combinação de trabalho físico e mental. Por exemplo, o que você coloca em seu corpo é importante...

Fiz uma pausa no visual inesperado e definitivamente inapropriado que minhas palavras provocaram.

— Você quer dizer como comida? — ela perguntou.

Sim. Como comida — não meu pênis.

— Exatamente. Mas não é só isso. Como gasta seu tempo e as pessoas com quem passa também afetam sua vida mais do que você imagina. Afastar-se de situações estressantes é fundamental, assim como encontrar uma maneira de desanuviar, mesmo que por apenas dez minutos por dia através da meditação. O estresse é assassino. Literalmente causa doenças. — Movi um pouco da comida restante no meu prato, me alertando para não sair pela tangente. — De qualquer forma... se quiser saber mais, tenho dezenas de artigos no meu site.

Ela se inclinou.

— Estou intrigada. Pode me mostrar onde encontrá-los?

Peguei meu celular e digitei o endereço do site antes de entregá-lo a ela.

Josie rolou a tela.

— Uau. Você escreveu muitos artigos! Como tem tantas ideias? E por que não há fotos suas em nenhum lugar aqui?

— A empresa em que trabalho prefere manter mais a informação, não a fonte. Também não tenho interesse em ficar famoso, de qualquer forma.

Ela ergueu os olhos do telefone.

— Uma pena e uma falha de marketing da parte deles, porque você é muito bonito. — Suas bochechas ficaram vermelhas.

Ela é linda pra caralho. Pigarreei, sem saber como lidar com o elogio.

— Obrigado.

Nossos olhos se encontraram por um momento antes de Josie me devolver o telefone.

— Então o que está escrevendo? Em que tópico está trabalhando agora?

Suspirei.

— Na verdade, estou com bloqueio ultimamente. Estou em cima do prazo e ainda travado para saber o rumo do meu último artigo. Não sei no que focar.

Ela moveu a cadeira para trás e se levantou.

— Bem, não me deixe impedi-lo de trabalhar. Seu laptop já deve estar totalmente carregado.

Estranhamente, eu não queria exatamente me levantar. Gostei de conversar com ela, mesmo que tenha me aberto um pouco demais.

— Sim... — Suspirei. — Nesse ritmo, ficarei acordado a noite toda escrevendo.

— E se ele descarregar de novo?

— Acho que vou me ferrar.

Ela mordeu o lábio.

— Por que não trabalha aqui por um tempo? Mantenha-o conectado e, quando quiser voltar para sua casa, ainda terá toda a carga restante.

Sua oferta foi mais do que graciosa, considerando o idiota que eu tinha sido com ela.

— Tem certeza?

— Sim. Absoluta.

— Obrigado. Acho que vou aceitar.

Depois que terminamos de comer, me acomodei em um lugar no sofá de Josie ao lado do filtro de linha.

Logo depois, ouvi o chuveiro dela ligar no andar de cima, e minha mente ficou louca imaginando como ela seria nua sob a água.

Depois de alguns minutos apreciando a imagem mental, algo milagroso aconteceu enquanto eu olhava para o documento em branco no meu computador. Comecei a digitar. No fundo, eu sabia por que meu bloqueio de escritor tinha ido embora. Este lugar, por mais que eu tenha reclamado com Josie antes, era um ambiente caloroso e acolhedor que me relaxava. E, como consegui acalmar minha mente, as ideias começaram a se mover livremente nela. As palavras fluíram quando comecei a escrever sobre minha experiência daquela noite. O título do artigo era: *Mude Seu Ambiente, Mude Sua Produtividade*.

Consegui escrever mais de mil palavras em questão de vinte minutos.

Quando parei, senti um cheiro profundo das velas perfumadas misturadas com o cheiro persistente de biscoitos no ar. Era realmente este lugar? Ou era *ela*, sabendo que estava lá em cima e que, pela primeira vez em muito tempo, eu não estava sozinho. Meu peito se apertou e meu corpo se contraiu defensivamente.

Não fique muito confortável, Cole.

Ouvi passos atrás de mim, e então Josie apareceu, vestindo uma camiseta comprida com flocos de neve por toda parte. Ia quase até os joelhos, mas notei mais que era fina o suficiente para mostrar o contorno de seus seios fartos muito mais claramente do que sua camiseta de antes. Deus, ela era linda. Eu não queria gostar dela. *Mas gostava.*

Josie colocou uma mecha de seu cabelo escuro atrás da orelha.

— Eu, ãh, queria desejar uma boa noite. Fique o quanto quiser. — Ela me entregou uma chave. — Basta trancar a porta pelo lado de fora. É uma cópia. Pode me devolver amanhã.

— Obrigado. Nem sei como agradecer.

Ela caminhou até o balcão antes de voltar com um prato de biscoitos.

— No caso de você precisar de combustível no meio da noite.

Seus olhos brilharam à luz das velas. Mesmo que seus biscoitos cheirassem tão bem, não havia nada que eu quisesse mais do que saboreá-*la*. Balancei a cabeça. Eu precisava tirar minha mente dessa terra da fantasia e me concentrar. De jeito nenhum eu poderia me apaixonar por alguém que se parecia tanto com Jessica. Nunca seria capaz de me livrar da associação, e isso terminaria mal. Tinha que fazer isso — eu nunca me permitiria me machucar assim de novo. E isso significava que meus mecanismos de defesa acabariam machucando Josie. Ela não merecia isso.

Depois que ela subiu as escadas, minha sequência de escrita continuou. Na verdade, eu estava tão imerso em escrever que, em algum momento, meu corpo se desligou completamente.

Só percebi quando Josie me deu um tapinha no ombro na manhã seguinte.

CAPÍTULO 3

Josie

— Bom dia, dorminhoco. — Sorri. Fazia tempo que um homem não dormia na minha casa. — Lamento acordar você. Preciso ir para East Hampton para lançar as notas dos boletins no computador, já que o wi-fi ainda não está funcionando. Eu não queria que você acordasse e visse a casa vazia.

Cole sentou-se e passou a mão pelo cabelo.

— Merda. Que horas são? Devo ter adormecido no sofá enquanto trabalhava ontem à noite. Me desculpe.

— Sem problemas. E são quase nove. Você estava realmente apagado. Desci as escadas e fiz café, tomei banho e até esvaziei a máquina de lavar louça. Você não moveu um músculo.

Balancei a cabeça.

— Nove horas? Uau. Não consigo me lembrar da última vez que dormi além das seis.

— Até que horas você trabalhou ontem à noite?

— Não tenho certeza. Mas fiz muita coisa.

— Fico feliz. Gostaria de uma xícara de café?

Cole se levantou. Ergueu as mãos acima da cabeça para se esticar, e seu suéter subiu, revelando um abdômen tanquinho bastante impressionante e uma linha sexy de pelo que ia do umbigo até a calça. *Droga*, ele não era apenas um rostinho bonito; tinha um corpo que combinava. Achei que pudesse ter me flagrado olhando para ele, então fingi que estava olhando para o meu sapato e rapidamente me ajoelhei para amarrar o tênis, mesmo que não estivesse desamarrado.

— Não, estou bem — disse ele. — Não quero te incomodar. Já te atrapalhei o suficiente. Vou fazer café quando chegar em casa.

— Humm... não, você não vai. Ainda não temos luz.

— Merda... verdade. — Ele olhou ao redor. — Eu esqueci, já que está de manhã, e você tem um gerador. Vou rapidinho pegar café no Dunkin' Donuts. Não quero te atrasar.

Gesticulei para ele.

— Tudo bem. Posso ir a qualquer hora hoje para lançar as notas. Não estou com pressa.

— Ok. Bem, se você tiver feito, eu aceito uma xícara, por favor.

Na cozinha, servi duas canecas de café. Adicionei um pouco de creme e um pouco de café ao meu e ergui a caixa para Cole.

— Você aceita creme ou açúcar?

— Não. Só preto, por favor.

Passei-lhe o café.

— Sabe, eu poderia ter adivinhado isso. Você parece o tipo de cara que toma café preto.

— Ah, é? — Ele apoiou o quadril no balcão da cozinha e tomou um gole. — Quais são exatamente as características de um cara que toma café preto?

Dei de ombros.

— Não sei... acho que eles são meio... como você.

Ele riu.

— Então, talvez como um vizinho que dá as costas para aqueles canteiros de flores que você tem no final da garagem e não diz nada?

— Na verdade, você provavelmente diria alguma coisa. Me diria que foi minha culpa.

Cole baixou a cabeça e riu.

— Posso ver que causei uma impressão muito boa em você.

Gesticulei para ele.

— Ei, está tudo bem. Alguns dos melhores homens que conheço parecem estoicos e mal-humorados, mas, no fundo, têm um coração de ouro. Meu pai e meu irmão são assim, então não desisto facilmente das pessoas. Continuo procurando até encontrar algo redentor.

Cole sorriu.

— Obrigado. Agradeço muito mesmo.

— A propósito — eu disse. — Finalmente consegui falar com a companhia elétrica esta manhã. Há uma queda de energia de vinte quarteirões. Houve um incêndio no transformador principal ou algo assim, então não foi minha culpa, afinal. Mas eles disseram que pode levar dois ou três dias até que a energia seja totalmente restaurada.

Cole suspirou.

— Excelente. Acho que vou comprar um gerador hoje. — Ele terminou de beber seu café e lavou a caneca na pia. — Obrigado novamente por me deixar usar sua luz na noite passada. E, mais uma vez, peço desculpas por ter demorado demais para receber minhas boas-vindas.

Coloquei minha caneca de café na pia.

— Na verdade, foi bom você ter ficado. Agora, quando ligar para minha mãe neste fim de semana e ela perguntar como estão as coisas no *assunto homem*, posso dizer a ela que um homem dormiu aqui uma noite e não estarei mentindo.

Os olhos de Cole fizeram uma varredura rápida pelo meu corpo, e ele abriu um sorriso sexy.

— É melhor você dizer a ela que eu era bom.

— Ah, não se preocupe. Você foi fantástico.

Ele assentiu com um sorriso.

— Obrigado. Eu procuro agradar.

Por alguma razão — da mesma forma que eu sabia que ele tomaria seu café preto —, tinha certeza de que Cole era mesmo bom de cama. Enquanto eu o levava até a porta, dei uma olhada em sua bunda firme. Seu jeans a abraçava bem, e imaginei seu traseiro nu combinando com seu abdômen musculoso.

Ele se virou inesperadamente, e meus olhos saltaram para encontrar os dele.

— Bem, se não conseguir encontrar um gerador por algum motivo — eu disse —, pode voltar e trabalhar aqui novamente esta noite, carregar seu laptop ou o que precisar. — Anotei meu número de telefone em um pedaço de papel. — Só me mande uma mensagem primeiro para que eu saiba que você está vindo.

Cole sorriu enquanto pegava o número.

— Obrigado, Josie. Tenha um bom dia.

— Você também.

Vi Pen

Depois do trabalho, parei e resolvi algumas pendências. Então, quando estacionei na minha garagem, já estava começando a escurecer.

Tirei duas sacolas de compras do porta-malas do carro e olhei para a casa do meu vizinho. Não havia nenhuma luz acesa, mas havia uma escada na frente. E eram *luzes de Natal* penduradas nas janelas? Ora, ora, sim, sim, eram. Meu vizinho sexy estava pendurando enfeites de Natal?

Coloquei as sacolas em meus braços de volta no porta-malas e atravessei a rua. Cole saiu pela porta da frente assim que cheguei à sua garagem.

— Scrooge pendurando luzes de Natal? — perguntei. — Estou vendo coisas?

Ele sorriu.

— Achei que era o mínimo que podia fazer já que você me emprestou seu gerador e que dormi no seu sofá. Achei que gostaria mais que o quarteirão inteiro ficasse mais iluminado do que uma garrafa de vinho ou algo para te agradecer.

— Sim! Gostei por ter feito tudo isso por mim.

— Que bom. — Cole levantou um dedo. — Espere um segundo. — Ele desapareceu em sua casa e voltou carregando um saco de papel pardo. Estendendo-o para mim, ele disse: — Também comprei vinho para você, caso as luzes não fossem suficientes.

Senti um calor na barriga, embora estivesse frio lá fora.

— Obrigada. Foi muito atencioso.

— Sem problemas. Mas confesso... também posso ter comprado porque posso ter segundas intenções. A loja não tinha mais geradores. Meu laptop está quase sem bateria novamente. Se não se importa, seria ótimo se eu pudesse ligá-lo e carregá-lo mais tarde.

— Ah, com certeza. Sem problemas. — Acenei com a cabeça em direção à casa. — Você gosta de tortellini alfredo? É o que vou fazer para o jantar. Poderíamos compartilhar esta garrafa e comer enquanto seu laptop carrega. Pense em como minha mãe ficará animada se eu contar a ela que um homem dormiu *e* veio jantar na noite seguinte.

Cole sorriu.

— Bem, quando você fala assim... eu não gostaria de decepcionar sua mãe.

— Excelente. Vou deixar você terminar de colocar suas lindas luzes e começar a cozinhar. Pode vir por volta das sete?

— Estarei lá.

Vi Pen

Eu tinha noventa minutos até que Cole chegasse. Depois de guardar todas as compras, eu estava prestes a começar a preparar o jantar quando as luzes da sala de jantar de repente se acenderam. Então ouvi bipes aleatórios por toda a casa — o som de vários aparelhos eletrônicos voltando à vida.

Oh, meu Deus! A luz voltou!

Por mais sorte que eu tivesse de ter o gerador, não havia nada como energia em pleno funcionamento. Alívio tomou conta de mim. Eu estava bem preocupada que eles nunca consertassem os equipamentos, e que o Natal — para o qual faltava apenas uma semana — fosse arruinado.

Em poucos minutos, meu telefone tocou. Era Cole.

Atendi.

— Oi! Sua luz voltou?

— Sim. Não estava esperando, muito mais cedo do que eles estimaram. O Natal chegou mais cedo, eu acho.

Exalei.

— Que alívio. Eu estava prestes a começar o jantar quando as luzes se acenderam.

Houve uma pausa. Então ele disse:

— Você ainda não começou a cozinhar?

— Não.

— Que bom, porque eu, ãh, provavelmente não vou poder ir. Agradeço a oferta, mas preciso ir ao mercado, recarregar minha geladeira, cuidar de algumas coisas por aqui agora que a luz voltou.

A decepção me tomou.

— Oh, tudo bem. Tem certeza de que não quer apenas comer rapidinho? Vou cozinhar, de qualquer forma.

Houve um momento de silêncio. Então ele falou:

— Provavelmente, é melhor não.

Me senti um pouco triste e idiota. Achei que tivéssemos nos dado muito bem. Talvez fosse delirante pensar que havia algo ali. Parecia que ele não queria sair comigo. Só estava me usando para ter acesso ao gerador.

— Ok, bem, espero que consiga resolver muitas coisas — eu disse em tom firme.

— Obrigado. E obrigado novamente por ser tão incrível em tudo isso.

Antes de desligar, senti-me compelida a fazer uma pergunta.

— Cole?

— Sim?

— Sei que o Natal não é o seu feriado favorito, então eu queria saber... Qual música de Natal é a sua menos favorita?

— *Menos* favorita?

— Sim. Menos.

— Humm... — Ele riu. — Provavelmente *All I Want For Christmas is You*.

— Ah. Eu particularmente amo essa. Mas tudo bem. Resposta justa com base na parte exagerada.

— Por que você quer saber a minha menos favorita e não a minha favorita?

— Achei que essa pergunta seria mais interessante.

— Eu tenho uma favorita — disse ele. — Quer saber qual é?

— Qual?

— É *Grandma Got Run Over By a Reindeer*[3].

Revirei os olhos.

— Por que isso não me surpreende?

3 Vovó foi atropelada por uma rena, em tradução livre. (N.T.)

CAPÍTULO 4

Cole

Pisquei depois de acordar de um pesadelo. Nem me lembrava de ter cochilado. Mais uma vez, o bloqueio de escritor me mordeu na bunda, e eu adormeci com o computador no colo no meio da maldita tarde. Não foi uma surpresa, considerando que tinha ficado acordado quase toda a noite anterior.

Fazia alguns dias desde que a luz tinha voltado, mas minha vida não parecia mais brilhante. Tive medo de ir para a casa de Josie na outra noite porque meus sentimentos por ela me assustam. Quando a luz voltou, de repente, tive uma desculpa, então a agarrei.

E agora, ali estava eu, com baba no rosto, depois de acordar de um sonho em que as palavras na minha tela se transformaram em cobras que rastejaram para fora do computador para me estrangular. Tudo isso enquanto a música tema de *Dias Felizes* tocava ao fundo. Se isso não era foda, eu não sabia o que era.

Olhei para o relógio. Eram sete da noite.

Do lado de fora, a espetacular decoração de luzes de Josie estava no auge. Faltavam apenas alguns dias para o Natal, e as pessoas estavam reunidas do outro lado da rua, admirando tudo.

Josie segurava algum tipo de bandeja. Parecia que ela estava distribuindo cidra de maçã quente ou *eggnog*. Talvez chocolate quente. Meu estômago estava apertado. Eu ansiava por estar ali. Não necessariamente com todas aquelas pessoas, mas com ela. *Só com ela.* Eu só não estava disposto a explorar a possibilidade de que ela fosse diferente da minha ex mentirosa e traidora. E por quê? Ela não me deu nenhuma razão para acreditar que era como Jessica. Mas o medo era uma vadia. *Uma vadia pior do que Jessica.* E deixei o medo governar minhas decisões. Isso ia contra tudo o que eu já havia pregado quando se tratava de pensamento positivo. Mas, para superar medos irritantes, você precisa aceitar a incerteza. Essa é a base da maioria das táticas para reduzir a preocupação; mesmo assim, não consegui.

A multidão começou a fazer fila na frente da casa de Josie. Logo percebi que estavam cantando. Era algum tipo de coro. E não era qualquer música que cantavam.

O ar frio invadiu minha casa quando abri a janela para ouvir melhor o som da porra de *All I Want For Christmas is You*.

Ela estava brincando comigo?

Legal, Josi. Muito legal.

Caí na risada.

Não foi coincidência. Isso tinha que ter sido para mim. Talvez não fosse. De qualquer forma, foi engraçado.

Depois de alguns minutos, fechei a janela e tentei trabalhar com os sons abafados do caos do Natal lá fora.

Pelo menos as luzes sem graça que coloquei na frente eram melhores do que a escuridão total que eu havia planejado originalmente. Agora, em vez de Scrooge, eu era apenas o escritor solitário do outro lado da rua, com medo de ir até o fim em qualquer coisa na vida, um medo refletido com precisão através da minha mísera decoração de Natal.

Depois de vários minutos sem conseguir me concentrar, fechei o laptop, decidindo descer e fazer algo para comer.

Antes de abrir a geladeira, peguei a pilha de correspondência que estava no balcão e comecei a vasculhá-la. Entre as contas estavam alguns cartões de Natal. Abri o primeiro e descobri que era do meu irmão — uma foto do meu sobrinho de dois anos, Benjamin, vestido de elfo. Isso alegrou meu coração frio por alguns segundos antes de eu jogá-lo de lado para abrir o próximo envelope.

Dentro havia um pequeno cartão e uma foto de alguém que não reconheci: um menino em uma cadeira de rodas. Ao lado dele estava uma linda morena que eu *reconheci*: Josie. Percebi que este cartão não era para mim. Foi entregue por engano aqui.

Mas eu já tinha aberto e me lembrei da história que ela me contou sobre seu ex-aluno, William — sua inspiração para a decoração de Natal. Então li a mensagem de dentro.

Querida Josi,

Sabemos que este Natal será o melhor até agora. Mas dizemos isso todos os anos quando se trata de sua extravagância de luzes. Achamos que você iria gostar desta foto antiga que encontramos de você e do nosso garoto. Acredita que William estaria se formando no Ensino Médio este ano?

Obrigado por ajudar a manter viva sua memória. Te vemos em breve.

Com amor,

Os Testino

Olhei para a foto do menino sorridente, que parecia tão cheio de alegria e esperança. Ele não teve uma vida fácil. Teve que aceitar muita incerteza todos os dias de sua vida. Mas ainda conseguiu encontrar a felicidade. Ele não deveria morrer naquela mesa de operação. Balancei a cabeça, percebendo que estava chorando. Eu nem conhecia o garoto. Não conseguia imaginar como Josie se sentia. *A vida é tão passageira, porra.* E ali estava eu, obcecado com o meu passado — um passado que não tinha nenhum significado para o meu presente. Eu estava ali naquela casa solitária quando realmente queria estar do outro lado da rua. Não por causa das luzes, mas por causa do único raio de luz responsável por tudo.

Falei com a foto na minha mão:

— William, obrigado pelo lembrete de que tenho sido um completo e absoluto idiota. Tenho certeza de que este cartão foi feito para mim, afinal.

No dia seguinte, fui às compras.

— Com licença, há outra decoração na parte de trás?

A vendedora balançou a cabeça.

— Só temos o que você vê aqui. Nós colocamos as coisas de Natal antes do Halloween hoje em dia, então praticamente esgotamos tudo na primeira semana de dezembro.

Esta era a terceira loja a que eu ia. A única porcaria que restava era... bem, porcaria. Nada mais do que um monte de luzes e algumas daquelas explosões idiotas — e até mesmo essas foram compradas. Minhas escolhas foram um menorá inflável de um metro e oitenta de altura, um urso polar abraçado a um ornamento ou palmeiras.

Suspirei.

— Obrigado.

Depois de uma hora e meia indo de loja em loja, comecei a pensar que minha ideia brilhante poderia ter acabado antes mesmo de começar.

Mas, ao sair, passei pelo departamento de brinquedos. Lá, notei uma figura em tamanho natural em um dos corredores. Voltando alguns passos, ergui meu queixo para o garoto estocando a prateleira ao lado da vitrine.

— Você tem mais desses?

— Chewbacca? — Sua testa franziu. — Eles estão bem aqui.

— Não, eu quis dizer outros personagens grandes como esse.

— Ah, sim. No próximo corredor. Acho que há, tipo, oito diferentes ou algo assim. Faz parte do aniversário de um dos filmes.

— Eles podem ficar do lado de fora?

O garoto olhou para o boneco gigante ao lado dele e deu de ombros.

— Acho que sim. Eles não têm eletrônicos nem nada. Deve ser por isso que não venderam. Meio que só ficam lá.

As engrenagens na minha cabeça começaram a girar.

— Existe um Yoda?

— Sim, mas ele não é tão grande.

Bem, claro que não. Chewbacca não é do mesmo tamanho que Yoda.

— Você acha que ele caberia em um cesto?

— Quem?

— Yoda.

— Oh. O que é um cesto?

Sério?

— É como um pequeno berço. Mais ou menos como a manjedoura em que colocaram o menino Jesus.

O garoto deu de ombros.

— Verifique no corredor nove.

Meia hora depois, eu tinha três carrinhos na fila do caixa. A mulher de cabelos grisalhos que me atendia sorriu.

— Seus filhos são fãs de *Guerra nas Estrelas*, hein?

— Ãhh... sim.

— Aposto que isso deixará alguém muito feliz.

Estendi meu cartão de crédito e sorri.

— É isso que espero.

Depois que terminei na Target, parei na loja local de suprimentos agrícolas a alguns quilômetros de distância.

— Posso te ajudar com alguma coisa? — o cara do caixa indagou.

— Sim, preciso de um pouco de feno.

— Mantemos o feno nos fundos. Há uma área cercada com um toldo verde. Você paga aqui, leva seu carro aos fundos do prédio e dá o recibo para o garoto no portão. De quantos fardos você precisa?

— Acho que um basta.

O cara assentiu e apertou algumas teclas em sua caixa registradora.

— Algo mais em que eu possa te ajudar hoje?

— Não, acho que é isso. — Olhei ao redor da loja e vi uma daquelas corujas de plástico que as pessoas usam para assustar os pássaros. — Na verdade... — Acenei com a cabeça em direção à coruja. — Você teria outros animais de plástico?

— Acho que temos uma corça e um cervo jovem em algum lugar por aqui. As pessoas os colocam mais como uma decoração do que um impedimento.

— Posso vê-los?

Ele saiu de trás do balcão e apontou para os fundos da loja.

— Me siga.

Enquanto eu ia atrás do cara, comecei a ter uma visão de como minha criação ficaria no gramado da frente. Ou isso ia ser engraçado pra caralho, ou Josie ia pensar que eu estava louco.

— Aqui está. — O balconista apontou para dois veados de plástico marrom com manchas brancas como o Bambi.

Um estava deitado e o outro em pé.

— É este o tipo de coisa que está procurando?

— Isso é *exatamente* do que eu preciso. Alguma chance de você também ter uma daquelas coisas que um pastor segura?

As sobrancelhas espessas do cara se juntaram, quase formando uma linha reta.

— Você quer dizer um cajado?

— Sim, acho que é assim que se chama.

Ele balançou a cabeça.

— Desculpe. Não temos muitas ovelhas por aqui. Mas temos uma contenção.

— O que é isso?

— É uma vara usada para pegar animais, mas a parte de cima tem um grande laço em volta, em vez de um gancho como o cajado de um pastor.

Dei de ombros.

— Ok, eu vou pegar um desses em vez disso. E uns dois forcados.

O cara me ajudou a juntar o resto das minhas compras. Quando terminou de me atender, ele disse:

— O que você está tentando pegar?

Eu sorri.

— Uma mulher.

A expressão do cara foi absolutamente impagável. Embora provavelmente fosse melhor eu dar o fora de lá antes que ele chamasse a polícia para mim.

Em casa, não vi o carro de Josie na garagem. Então fui trabalhar na minha decoração. A coisa toda me levou mais de quatro horas para montar — cortei madeira na garagem e montei algo parecido com o arco de um estábulo e o decorei com luzes brancas. Meia dúzia de personagens de *Guerra nas Estrelas* estavam amontoados em torno da manjedoura cheia de feno, onde o baby Yoda estava deitado pacificamente. Acrescentei algumas palmeiras infláveis com luzes, e o par de veados completou a cena maluca. Começava a escurecer quando terminei tudo. No entanto, minha vizinha ainda não estava em casa. Eu sabia, com base nas últimas noites, que sua decoração começava pontualmente às sete, então não devia demorar muito para ela chegar.

CAPÍTULO 5

Josie

Hoje tinha sido o pior. Entre uma tensa reunião de pais e professores e o diretor realizando uma inesperada reunião de equipe depois da aula, eu estava mentalmente exausta. Felizmente, era o último dia antes do feriado de Natal.

Me forcei a levantar e me preparar para a decoração daquela noite. Eu tinha planejado fazer biscoitos e distribuir chocolate quente e precisava ser capaz de fazer isso com um sorriso no rosto. Mas talvez eu acendesse tudo um pouco mais tarde do que o habitual e tomasse um banho quente primeiro para me recuperar.

Quando entrei na minha rua, tive a vista mais louca. Enquanto minha casa estava escura, já que eu ainda não havia acendido as luzes, a de Cole estava muito mais iluminada do que nunca. Bem, se isso não era um visual irônico.

E não eram apenas as luzes.

Oh, meu Deus. O que estou vendo?

Estacionei abruptamente na rua, nem mesmo me incomodando em parar na minha garagem.

Assim que saí do carro, notei a música. Explodindo de um alto-falante estava o tema de… *Guerra nas Estrelas*? Em alguns segundos, percebi por que ele escolheu isso. Cole havia montado um presépio com personagens de *Guerra nas Estrelas* em tamanho real. Um Han Solo empunhando um rifle estava sozinho perto de um berço. Espiei e encontrei Yoda lá dentro. *Baby Yoda Jesus.* Chewbacca, Darth Vader e Jabba the Hutt estavam alinhados, imaginei que como os três reis magos. R2-D2 e C-3PO estavam relaxando juntos do outro lado do gramado como pastores. E havia palmeiras e veados — oh, meu Deus! Ele colocou muitas outras luzes também.

O que deu nele?

Quando a porta se abriu e Cole saiu, quase pirei.

— O que aconteceu com você? — perguntei. — Perdeu a cabeça? — Meus olhos viajaram de cima a baixo por seu corpo. Cole usava uma peruca com coques de cada lado e um longo... vestido branco.

— Alguém tinha que ser a princesa Leia. — Ele encolheu os ombros. — Você não pode ter uma cena de *Guerra nas Estrelas* sem ela. Eles não a tinham na Target, então encontrei uma loja de fantasias a cerca de cinquenta quilômetros de distância. Achei que seria legal bancar essa pelo time.

Olhei em volta.

— E que time é esse...

— A propósito, você acertou em cheio. Finalmente perdi a cabeça; minha cabeça tóxica. Eu precisava disso. — Ele ergueu os braços. — Porque é disso que se trata, não é?

— Claro. O que é a vida sem um presépio de *Guerra nas Estrelas*? — Balancei a cabeça. — O que deu em você?

— Eu vou te mostrar. — Cole desapareceu na casa por um momento. Então me entregou um cartão. Imediatamente, o reconheci como um cartão de Natal da família de William.

— Peguei isso acidentalmente — disse ele. — Dei uma olhada no rosto de William e, de repente, entendi em um nível mais profundo por que você faz o que faz todos os anos. Seu espírito me fez refletir sobre mim mesmo. Percebi que, vivendo com medo, eu não estava vivendo. Então também decidi que, se você não pode vencê-los, junte-se a eles.

— Você certamente o fez. Nem sei o que dizer.

— Que tal "Que a Força esteja com você"? — Ele piscou.

— Parece apropriado nessas circunstâncias. — Eu ri.

Ele estalou os dedos.

— Oh, o que servirá aos espectadores esta noite, a propósito?

— Os biscoitos e o chocolate quente de sempre. Por quê?

— Envie-os para cá depois. Tenho um balde de sabres de luz que brilham no escuro.

— Tenho certeza de que as crianças vão adorar.

— Viu? Não vou mais fazer as crianças chorarem. Isso deve contar para alguma coisa, certo? Talvez compense eu ter sido tão idiota com você no início?

— Pode ser que eu precise de um monte de sabres de luz para compensar isso — provoquei.

Nós compartilhamos uma risada, e seus olhos permaneceram nos meus.

Sentindo-me envergonhada, olhei de volta para minha casa.

— Bem, preciso começar os biscoitos e as outras coisas. Vou mandar todos para o outro lado da rua, embora eles provavelmente venham aqui primeiro. Não sei como alguém poderia resistir a olhar mais de perto tudo isso.

— Certifique-se de vir aqui também. Vou guardar um sabre de luz para você.

— Ok. — Eu ri.

Mais tarde naquela noite, gostei muito de assistir do outro lado da rua, enquanto a decoração de *Guerra nas Estrelas* de Cole recebeu a atenção que merecia. Ele ficou vestido de princesa Leia o tempo todo. Foi de rir histericamente.

Depois que os visitantes do bairro finalmente se dissiparam, apaguei as luzes externas e entrei. Eu não tinha ido à casa do Cole. Acho que uma parte de mim ainda se sentia estranha em iniciar o contato depois que ele me deu um fora no jantar daquela noite. *Deixe-o vir aqui se quiser me ver novamente.*

Vários minutos depois, eu estava prestes a fazer um chá quando a campainha tocou.

Abri a porta e encontrei Cole, não mais fantasiado. Em vez disso, ele usava um casaco sobre uma camisa preta justa e jeans escuros.

— Bem, se não é a Princesa Leia. Vejo que se cansou de seu traje.

— Sim. Já fui castrado o suficiente por uma noite. — Ele riu. — Foi divertido ver todos aqueles rostos sorridentes, no entanto.

— Você foi um sucesso.

Sua respiração era visível no ar frio quando ele perguntou:

— Posso entrar?

— É claro. — Dei um passo para o lado, permitindo que ele entrasse.

— Está tão bom e quente aqui, como sempre. — Ele olhou ao redor, parecendo um pouco tenso.

— Então... eu queria falar com você...

Meus ouvidos se animaram.

— Ok...

— Naquela noite, quando cancelei o jantar, gostaria de ter vindo. — Ele olhou para seus sapatos. — Me arrependi de ter cancelado.

— Por que não veio?

Ele respirou fundo e olhou para cima.

— Eu estava hesitante em passar um tempo sozinho com você por causa do quanto me sinto atraído. — Ele fez uma pausa. — Mencionei antes que você me lembra de alguém que me machucou. Minha ex me traiu e demorei muito para aprender a confiar novamente. Mas não foi justo da minha parte fazer essa associação negativa com base na sua aparência. Sem mencionar que você é *muito* mais bonita do que ela jamais foi, tanto por dentro quanto por fora. — Ele sorriu. — Resumindo, eu não sabia como lidar com meus sentimentos e me acovardei. Mas, como te disse antes, cansei de viver com medo.

Meu coração disparou.

— Achei que você não estivesse interessado...

— Não. Exatamente o contrário. — Ele deu alguns passos para mais perto. — Na verdade, nada me interessava há muito tempo até você aparecer. Só de estar na sua casa naquela noite tirou meu bloqueio de escrita. Mas não é a casa. É você... o jeito que me sinto quando estou perto de você. Sua doce alma e belo espírito. Você me faz sentir vivo novamente.

Suas palavras me tiraram o fôlego.

— Nunca pensei que meu vizinho mal-humorado se tornaria a primeira pessoa a me fazer sentir viva em muito tempo também.

Seus olhos foram para os meus lábios quando ele se inclinou e tomou minha boca. Envolvi os braços ao redor de seu pescoço e saboreei seu gosto enquanto caímos em um beijo profundo e apaixonado. Minhas mãos acariciaram seu cabelo espesso enquanto nosso peito se pressionava. Fazia uma eternidade que eu não me sentia tão excitada por um beijo, e meu corpo zumbiu de excitação. De alguma forma, eu sabia que ele não voltaria para o outro lado da rua naquela noite.

Depois de vários minutos, finalmente paramos para respirar. Eu me movi para trás, para olhar para seu rosto lindo. Então meus olhos viajaram até sua virilha e pousaram na impressionante ereção que se esticava através de seu jeans.

Ergui uma sobrancelha.

— Isso é um sabre de luz em sua calça, ou você está apenas feliz em me ver?

Seus olhos brilharam.

— Isso não é um sabre de luz.

Um ruído abafado foi registrado do lado de fora, chamando nossa atenção para a janela da sala, a qual estávamos em frente. Parecia que alguns espectadores haviam chegado atrasados, provavelmente esperando ver as luzes. Em vez disso, eles nos assistiram nos beijando.

Cole estendeu a mão para o interruptor e desligou tudo antes de me puxar de volta para seus braços.

— Parece que estamos sem luz novamente — ele disse nos meus lábios.

Eu sorri.

— Ah, estamos? Isso é uma vergonha. Devo ligar o gerador?

— Não, senhora. Estamos prestes a produzir eletricidade suficiente para iluminar o quarteirão inteiro.

FIM

O ITEM MAIS DESEJADO

CAPÍTULO 1

Holly

— Isso é meu!

— Sério? Não estou vendo seu nome nele, e ele está nas *minhas* mãos.

Apontei para o carrinho ao meu lado.

— Eu estava abrindo espaço para ele.

Aff.

Imaginei.

Virando de costas, tive o primeiro vislumbre do cara.

Cabelo escuro, pele bronzeada em pleno dezembro, quando o resto de nós está branco como papel, mandíbula definida e olhos brilhantes de um tom irritante de azul.

Lindo.

Claro.

E um babaca.

Não são todos assim?

Ele espiou atrás de mim, e suas sobrancelhas se ergueram.

— Isso é tudo para uma criança só?

— Não é da sua conta.

— Acredite em mim. Seu filho não vai sentir falta de um brinquedo no meio de todos esses.

Ele começou a se virar e eu só... não. *Não. Não. Não!* Cinco horas no shopping na véspera de Natal eram o suficiente para enlouquecer até a pessoa mais sã, e eu já não era muito sã. Então pirei de vez.

— Me dê isso aqui! — Tentei arrancar a caixa das mãos do cara, mas ele a segurava com muita força. — Estou procurando esse maldito robô há semanas. Você não vai ficar com ele se eu o vi primeiro. *Me* dê! — Quando ele não pareceu ceder, comecei a gritar, como uma louca. — Segurança! *Segurança!* Alguém me ajude!

O cara deu alguns passos para trás e ergueu as mãos.

— Você se esqueceu de tomar seus remédios esta manhã, senhora?

Meus olhos se arregalaram.

— *Senhora?* Você acabou de me chamar de *senhora*!

O segurança veio correndo.

— O que está acontecendo aqui?

Apontei para o cara.

— Ele roubou meu brinquedo, e acabou de me chamar de *senhora*. Eu tenho 31 anos!

As sobrancelhas do segurança franziram.

— Você comprou esse brinquedo?

— Bem, não. Não consegui. Porque ele o pegou de mim.

— Então, ele não *roubou* o brinquedo...

— Bem, ele o *roubou* debaixo do meu nariz! Diga a ele para devolver!

— Senhora... você pode, por favor, falar baixo?

Oh. Meu. Deus.

— Pare de me chamar de senhora também!

O guarda pôs a mão no walkie-talkie, que estava preso ao seu quadril.

— Senhora. — Ele balançou a cabeça. — Quero dizer, senhorita. Você precisa se acalmar, ou vou chamar a polícia.

— Vou me acalmar. Assim que você o fizer me devolver a caixa.

O guarda olhou para o ladrão.

— Senhor, você pegou essa caixa desta mulher?

Ele balançou a cabeça.

— Estava na prateleira, e eu fui até lá e peguei. Ela nem o estava tocando.

— É o último da loja ou algo assim?

Eu respondi:

— É o único no *estado de Nova York*. Estou procurando há *um mês*.

O segurança apontou para o homem.

— Eu estava falando com ele. Qual é o seu nome, senhor?

— Bryce.

— *Pfff*. — Revirei os olhos. — *Bryce*. Claro que é.

As sobrancelhas de Bryce se franziram.

— O que há de errado com meu nome?

Gesticulei como se estivesse demonstrando sua estrutura física.

— Combina com todo o pacote.

— Todo o... pacote...

— Sim, você sabe... bonito com um nome chique. Você provavelmente também vem de uma família rica. É o que lhe dá essa sensação de que é cheio de direitos que você obviamente tem.

Ele me olhou, incrédulo.

— Sabe, eu aprecio mulheres como você.

Minhas mãos foram para meus quadris.

— Ah, sério?

Bryce deu de ombros.

— Sim, normalmente, conheço uma mulher bonita, e ela não me mostra o quanto é louca até saber onde eu moro. É legal você usar sua insanidade em volta do pescoço como uma guirlanda de Natal. Assim, todos nós, caras bonitos, ricos e com nomes chiques, podemos manter distância.

Fiz uma careta para ele.

A cabeça do pobre segurança alternava entre nós como se estivesse assistindo a um jogo de pingue-pongue. Ele respirou fundo e suspirou.

— É quase Natal — disse ele. — Acham que um de vocês pode invocar a bondade em seu coração e deixar o outro ficar com o brinquedo? Talvez isso o faça se sentir bem por dentro.

Cruzei os braços à frente do peito.

— Eu não.

O bonito Bryce imitou minha postura.

— Eu também não.

O guarda coçou a cabeça.

— Vou dizer o que vai acontecer, então... posso ficar com essa caixa, senhor?

— Vai dar a ela?

— Vou levar para a gerente e ver se ela pode resolver essa disputa. Não sou treinado para esse tipo de coisa.

Ele estendeu as mãos, e Bryce entregou o robô relutantemente.

— Obrigado. Me sigam.

Nós três fomos até o balcão de atendimento ao cliente, onde uma mulher que parecia tão cansada quanto eu estava ouvindo o segurança contar nossa história. Ela olhou para nós e suspirou.

— Então minhas opções são as seguintes. Posso manter esse brinquedo atrás do balcão e nenhum de vocês o compra ou posso dá-lo para quem tiver o melhor espírito natalino.

Apontei para meu suéter vermelho e o carrinho cheio de brinquedos.

— Bem, claramente sou eu. Quero dizer, olhe para ele, ou acabou de fazer bronzeamento artificial ou de desembarcar vindo das Bahamas.

Bryce balançou a cabeça.

— Esta é a minha cor natural de pele.

— Claro que é.

A gerente apoiou os dois cotovelos no balcão.

— Olha, não tenho tempo para isso. E o espírito natalino não se trata de quem compra mais brinquedos ou parece mais festivo. Trata-se de ser gentil com os outros e ajudar os necessitados. Então eis o que vou fazer. — Ela apontou para uma mesa dobrável vazia perto da porta. — Geralmente, temos um serviço de embalagem gratuito na véspera de Natal, mas os dois voluntários que deveriam cuidar da mesa ficaram gripados, e eu não tenho funcionários sobrando. Os voluntários pedem gorjetas e todo o dinheiro arrecadado é doado para o Exército de Salvação local. Vocês dois podem trabalhar naquela mesa pelas próximas horas até fecharmos às seis, e quem tiver mais dinheiro no pote de gorjetas para doar no final do dia fica com o robô.

Pisquei algumas vezes.

— Você não pode estar falando sério.

Ela apontou para seu rosto estoico.

— Parece que ainda tenho algum senso de humor?

Bryce olhou para o relógio e franziu a testa.

— Eu aceito.

A gerente virou-se para mim.

— Se apenas um de vocês for até o fim, essa pessoa é a vencedora.

Olhei para a mesa.

— Posso pelo menos ter minha própria mesa para não ter que me sentar com um ladrão?

Ela balançou a cabeça.

— Não. Isso é o que eu tenho. Uma mesa. É pegar ou largar.

Pensei em como ficaria o rosto de Mason se ele não visse aquele robô no dia seguinte de manhã debaixo da árvore de Natal e suspirei.

— Tudo bem. Mas ele não pode começar sem mim, e preciso de dez minutos para fazer uma ligação e tomar um café.

— Pegue algo para comer também. Você vai precisar de toda a energia que puder reunir para ir até o fim. — Ele piscou.

Revirei os olhos, então me afastei um pouco para ligar para minha irmã e avisar que eu chegaria atrasada para o jantar de véspera de Natal em sua casa. Felizmente, Mason já estava com ela. Ela ficou com ele depois de esperar duas horas na fila para ver o Papai Noel esta manhã para que eu pudesse terminar as compras.

Peguei um café no último minuto antes de a cafeteria fechar mais cedo. No caminho de volta para a loja de departamentos, eu estava fervendo. Eu merecia aquele maldito robô. Ia ali todos os dias depois do trabalho para ver se eles tinham chegado. E, finalmente, hoje, bem no meio da prateleira, havia um. Meus olhos pousaram nele primeiro. Antes do cara. Eu senti que estava destinado a mim – até Olhos Azuis o pegar.

Bryce estava sentado do seu lado da mesa quando voltei.

— Estamos prontos para começar? — ele perguntou. — A gerente me deu uma placa para colocarmos na mesa e dois potes de gorjetas. Basta você dizer e vamos começar.

— Sim. Tudo bem. — Bufei. — Você sabe mesmo como embrulhar presentes? Porque eu sou muito boa nisso. Então, eu ficaria preocupada se fosse você.

Ele encolheu os ombros.

— Não me lembro da última vez que embrulhei alguma coisa, na verdade.

— Então por que não desiste?

— Olha... eu prometi a um garotinho que tentaria comprar esse maldito robô, então vou fazer o que for preciso.

— Assim como eu.

Assim que colocamos a placa, algumas pessoas começaram a fazer fila para embrulhar seus presentes.

Minha primeira cliente foi fácil, apenas uma caixa simples e quadrada. Fui no meu ritmo para que ficasse perfeito.

A mulher sorriu depois que entreguei a ela.

— Que fita lindamente amarrada. Muito obrigada. — Ela me deu uma nota de cinco dólares.

Ponto para mim.

— De nada. Feliz Natal! — Sorrindo, olhei para Bryce e o vi lutando para embrulhar um pacote cilíndrico de formato estranho. — Precisa de ajuda com isso?

— Não se eu tiver que desistir da minha gorjeta. — Ele riu.

A mulher mais velha que esperava Bryce soltou um suspiro frustrado.

Bryce continuou tentando acertar os lados, mas estava falhando miseravelmente.

Ele finalmente entregou a ela o embrulho mais distorcido que alguém já viu e falou:

— Perdoe minhas habilidades de embrulho. Estou aqui para ganhar dinheiro para caridade e tentar comprar um presente para uma criança especial. E... posso ser honesto?

— Ok... — ela disse, não parecendo muito divertida.

— Eu estive... um pouco distraído. — Ele fez uma pausa. — Pelos seus olhos.

O que ele está aprontando?

Ela apertou o presente contra o peito.

— Meus olhos?

— Sim. Eles são da cor mais original de verde que eu já vi. E digo isso da melhor maneira possível. Uma espécie de... mistura de cinza, verde e dourado. — Ele sorriu. — Esplêndidos.

A mulher colocou uma mecha de cabelo atrás da orelha.

— Bem... obrigada. Não posso dizer que alguém já me disse isso.

— Uma pena, realmente.

— Sabe de uma coisa? — Ela literalmente se abanou e disse: — Vou levar isso para casa e jogar em uma sacola que já tenho.

Para minha consternação, ela então colocou uma nota de vinte dólares no pote de Bryce e saiu andando como se tivesse um novo propósito de vida.

Vinte? Eu nunca conseguiria ganhar se ele fosse jogar assim.

Enquanto isso, meu cliente atual me fez embrulhar um vaso de planta falsa, o que foi um desafio. E me deixou um único dólar.

Depois que aquele cara saiu, eu me virei para Bryce e falei:

— Acho que o único consolo de seus modos de trapaça é que o dinheiro vai para a caridade.

— Como estou trapaceando? Aquela mulher foi embora mais feliz do que antes de parar aqui. Ela conseguiu algo com isso. Todos ganham nessa.

Exceto eu, suponho.

Meu filho tinha pedido uma coisa neste Natal. *Uma coisa*. E não consegui comprar. Claro, tinha que ser o "item mais desejado" da época. Mas ele realmente não pediu muito durante todo o ano.

Vai me matar ter que desapontá-lo se eu não conseguir dar isso a ele.

O alívio tomou conta de mim ao descobrir que o próximo cliente de Bryce era um homem grande e corpulento. Ele usava um colete de couro de motociclista e tinha algumas correntes penduradas no jeans.

Boa sorte encantando aquele lá com seu flerte, garoto apaixonado.

Enquanto eu colocava fita adesiva em uma caixa retangular simples e um adolescente esperava impaciente, olhei para Bryce enquanto ele lutava para embrulhar o ursinho de pelúcia do homem.

— Cara, eu não tenho o dia todo — o homem resmungou.

Eu ri.

Bryce se desculpou.

— Eu realmente sinto muito. Sou novo nessa coisa de embrulho.

— Olhe, não quero ser um idiota, mas estou atrasado para pegar meu filho. Só tenho esta noite com ele. Depois preciso levá-lo de volta para a casa da mãe para o Natal com ela e o novo marido. Já é difícil competir com eles, e agora você está tirando meu tempo com meu filho. Então, estou um pouco frustrado.

Bryce assentiu.

— Você é pai solo?

— Sim... — ele murmurou.

Bryce o olhou nos olhos.

— Não é fácil, não é? Meus pais também eram divorciados, e meu pai fez o melhor que pôde para transformar sua casa em um lar para mim. Eu gostaria de poder voltar no tempo e lhe dizer que ele não precisava se preocupar. Que ele sempre foi o suficiente para mim. Não precisava ir além para se provar constantemente. — Bryce entregou ao homem o urso com papel amassado ao redor e falou: — Se ninguém mais lhe disser isso, eu vou. Está fazendo um bom trabalho, senhor. É um bom pai. E seu filho tem sorte de ter você.

Jesus. O homem gigante parecia estar prestes a chorar como um bebê. Com os olhos vermelhos, ele pegou o pacote deformado de Bryce e colocou uma nota de dez na mesa. Enxugou os olhos.

— Obrigado, cara, eu realmente precisava disso. — Ele fungou.

— O prazer foi meu — disse Bryce. — Tenha um Feliz Natal.

Balancei a cabeça enquanto observávamos o homem ir embora. Havia uma calmaria agora sem ninguém esperando na fila em ambos os lados da mesa.

— Sr. Dissimulado ataca novamente. Eu tenho que te dar crédito. Você pode, aparentemente, tirar qualquer truque da bunda.

— Ao contrário da minha suposta atração pela mulher de olhos verdes, isso foi totalmente real. Não foi da boca para fora, foi sincero — disse ele. — Percebi que o cara estava estressado e, no fundo, não tinha nada a ver com o meu trabalho de embalagem. — Ele se virou para mim, seus olhos se demorando nos meus. — Sabe de uma coisa? Consigo ver o mesmo estresse e preocupação em você. Você não quer nada além do melhor para seu filho. É por isso que estamos aqui nesta competiçãozinha idiota.

— Sim — murmurei, incapaz de argumentar. — É para o seu filho que você está tentando comprar o brinquedo?

— Não. Apenas um garoto que conheço que merece. Não tenho filhos.

— Ah.

— Você é casada? — ele perguntou.

Hesitei, depois disse:

— Meu marido faleceu há alguns anos.

Ele franziu a testa.

— Sinto muito.

— Obrigada.

Ele ficou em silêncio por um tempo, então falou:

— Nós nunca nos conhecemos de verdade. Vamos começar de novo. — Ele estendeu a mão. — Eu sou Bryce Holloway.

Apertei sua mão.

— Eu sou Holly.

— Holly Holloway. — Ele riu.

— O quê?

Ele acabou de juntar nossos nomes?

— A combinação soa como algo que uma estrela de cinema usaria — disse ele.

— Mais como uma garota da previsão do tempo de cidade pequena. — Eu ri.

— Um fantástico nome brega. — Ele riu. — Qual é o seu sobrenome *real*?

— Johanssen.

— Sueco?

— Sim.

— Isso explica a beleza nórdica.

Levei alguns segundos para sair de seu encanto.

— Você está fazendo aquilo comigo.

Sua sobrancelha se ergueu.

— O quê?

— Me bajulando. Provavelmente tentando roubar o robô de mim, então vou entregá-lo a você junto com minha calcinha. Não vai funcionar.

Bryce gargalhou de jogar a cabeça para trás.

— Embora eu certamente não fosse recusar sua calcinha, não era aonde eu queria chegar com o elogio. Além disso... olhe para o meu pote de gorjetas. Olhe para o seu. Estou achando que você é que precisa começar a *me* bajular, docinho.

Um pouco depois, um cara que eu esperava nunca mais ver apareceu na mesa.

— Holly? Achei mesmo que fosse você.

Eca. Forcei um sorriso.

— Oi, Aaron.

— É aqui que você trabalha agora? Você não pode estar ganhando a mesma grana que eu estava te pagando.

— Na verdade, não trabalho aqui. Meio que sou voluntária embrulhando os presentes em prol da caridade. — Inclinei-me para olhar além dele, ansiosa para passar para o próximo cliente, e apontei. — Você... ãh... tem algo para eu embrulhar? Porque há uma fila atrás de você.

Ele sorriu.

— Eu tenho, sim, algo para você embrulhar...

O tom malicioso chamou a atenção de Bryce. Ele olhou para Aaron e depois para mim.

Percebendo o *desconforto* estampado em todo o meu rosto, Bryce entregou o pacote que tinha acabado de fazer para o cliente e pigarreou.

— Posso ajudá-lo, amigo? Se você tem algo que quer embrulhado, eu posso cuidar de você.

O sorriso nojento de Aaron se alargou.

— Prefiro que Holly *cuide de mim*.

— Eu tenho que atender a próxima pessoa, Aaron. Tenha um bom fim de ano.

Aaron se inclinou.

— Você ainda tem o mesmo número? Eu vou te ligar.

Na verdade, mudei o número do meu celular por causa dele. No entanto, assenti.

— Sim. Tchau. *Próximo!*

Depois que o lixo humano se foi, Bryce se inclinou para mim.

— Qual é a história aí?

Soltei uma respiração pela boca enquanto balançava a cabeça.

— Nada de mais. Ele foi meu chefe por alguns meses. Eu arrumei um segundo emprego por um tempo, de garçonete nos fins de semana, e ele era o gerente. Ele é... digamos que não foi comunicado de que o movimento #MeToo existe.

O rosto de Bryce endureceu.

— Ele tocou em você?

— Não, nada disso. Ele só me fez sentir desconfortável. Sempre levava qualquer conversa para o lado sexual. Tipo quando ele disse aqui que tinha *algo para eu embrulhar*. Então, depois que pedi demissão de lá, ele continuou me mandando mensagens e me chamando para sair. Na verdade, mudei meu número para evitá-lo.

— Isso é assédio. É ilegal.

— Sim. — Dei de ombros. — Pedi demissão assim que pude. Sou professora e apareceu uma oportunidade de ser treinadora, então, felizmente, eu não precisava mais do emprego de garçonete. Para ser honesta, eu não era muito boa em servir, de qualquer forma.

Bryce franziu a testa, mas assentiu.

— Então, o que você ensina?

— Boliche.

Ele sorriu.

— Você é uma boa jogadora de boliche?

— Na verdade, sou, sim. Meus pais se divorciaram quando eu tinha sete anos, e meu pai me visitava a cada dois fins de semana e um dia por semana depois da escola por algumas horas. Fazíamos a lição de casa na pista de boliche enquanto comíamos pizza e depois jogávamos três vezes.

— Nunca joguei boliche.

— Sério? Por quê?

Bryce deu de ombros.

— Não sei. Acho que não era um esporte que minha família gostasse.

— Ah... — Eu sorri. — Muito coisa de proletário para você?

Bryce semicerrou os olhos, mas sua contração labial revelou que ele não estava realmente irritado. Durante a meia hora seguinte, tivemos um fluxo constante de clientes, então ficamos ambos ocupados embrulhando. Na próxima vez que tivemos uma pausa na fila, estiquei os braços acima da cabeça.

— Então, qual é o seu problema, Bryce? O que faz quando não está roubando brinquedos de mães solo desavisadas ou conversando com velhinhas de olhos verdes?

— Trabalho numa empresa familiar.

Ergui uma sobrancelha.

— Nossa, que vago. É a máfia ou algo assim?

Ele riu.

— Não. Se quer saber, eu estava sendo ambíguo para evitar admitir que você estava certa.

— Claro que eu estava. Mas sobre o quê?

— Seus comentários. Mais cedo, você disse que eu me achava cheio de direitos porque provavelmente venho de uma família rica, e então o que falou sobre boliche há pouco tempo. Não estou admitindo que sou cheio de direitos, ou que boliche é para trabalhadores braçais, mas se eu lhe dissesse que minha família possuía uma série de lojas, isso apenas validaria o que já pensava de mim, e você se gabaria.

O maior sorriso fingindo choque se espalhou pelo meu rosto.

— Sua família possui uma série de lojas...

Bryce revirou os olhos.

— *Metida.*

— *Cheio de direitos.*

Os cantos de seu lábio se contraíram novamente.

— *Louca.*

Eu ri.

— Tudo bem, então eu *posso* ter ficado um pouco louca mais cedo. Confesso. Mas você não sabe o que passei tentando conseguir aquele maldito brinquedo. Passava uma hora em sites todas as manhãs tentando encontrar um on-line, então corria aqui depois da escola todos os dias para ver se algum voltava ao estoque. Não é fácil ser mãe solo.

Bryce analisou meu rosto, e o dele ficou sério.

— Tenho certeza de que não é, não. Você se importa se eu perguntar o que aconteceu com o pai do seu filho?

Suspirei.

— Ele sofreu um acidente de carro. Na manhã de Natal, na verdade.

— Que merda. Sinto muito.

— Obrigada. Foi há quatro anos. Meu filho era pequeno. Will saiu para comprar pilhas para um brinquedo que eu tinha comprado para nosso filho, aliás, um que ele ainda não era grande o suficiente para brincar, e a polícia bateu à minha porta uma hora depois.

— Meu Deus, Holly. Isso é horrível. E aqui estou eu sendo um idiota com você na véspera de Natal. — Bryce passou a mão pelo cabelo. — Não posso nem imaginar como são difíceis as festas de fim de ano para você.

Forcei um sorriso.

— Sim, acho que é por isso que sempre exagerei com meu filho. Eu quero que ele tenha tudo, já que não posso dar a única coisa que ele provavelmente deseja mais do que tudo. — Senti que estava ficando emocionada, o que não queria, então fiquei aliviada quando uma cliente se aproximou da mesa. Ela tinha um carrinho com alguns itens.

— Eu lhe darei uma gorjeta muito gorda se você conseguir fazer isso em cinco minutos. Estou atrasada para conhecer os pais do meu namorado.

A mulher estava na frente de Bryce, mas ele acenou para ela e se levantou.

— A Holly terá que cuidar de você. Ela é mais rápida. Além disso, preciso ir ao banheiro.

Não sei por quê, mas tive a nítida sensação de que Bryce tinha acabado de desistir para que eu pudesse receber a gorjeta que a mulher mencionou, e eu tinha sentimentos contraditórios sobre isso. Claro, eu queria levar para casa aquele robô idiota, mas também não queria piedade. Então, quando ele voltou, não pude deixar de dizer algo.

— Não quero parecer mal-agradecida, mas se você foi ao banheiro para que eu pudesse pegar essa gorjeta porque se sente mal por mim... prefiro ganhar por esforço próprio.

Os olhos de Bryce foram para meus lábios antes de retornarem para encontrar os meus.

— Talvez meus motivos não fossem tão altruístas quanto você pensa...

CAPÍTULO 2

Bryce

Não havia como eu tirar aquele maldito robô dela agora que ela me contou que seu marido morreu no Natal.

Eu teria que descolar outra coisa para o garotinho para quem prometi encontrar um. Talvez depois do Natal fosse mais fácil conseguir. Muitas pessoas, provavelmente, os adquiriram a mais, e alguém acabaria devolvendo um. Eu voltaria e ficaria de prontidão quando a loja abrisse no dia seguinte ao Natal, se fosse preciso. Felizmente, ele ficaria tranquilo com um presente atrasado. O que vale é a intenção, certo?

Eu poderia ter acabado com isso naquele momento e dito a Holly que daria a ela o robô. Mas então ela iria embora, e eu poderia nunca mais vê-la. Estava gostando de conhecê-la, apesar do começo louco que tivemos. E, vamos ser honestos, eu me descobri insanamente atraído por ela. Sua pele era tão lisa, seu cabelo loiro como seda. Seus olhos eram de um azul profundo, a cor de um oceano escuro. E seu corpo me fez ter pensamentos que não eram apropriados para se ter sobre a mãe de alguém. Então, sim, decidi manter o jogo por mais um tempo, mesmo sabendo que, no final, a deixaria vencer.

Minha fila estava vazia enquanto Holly embrulhava uma caixa de gravata simples à minha esquerda. Ela tinha o hábito de passar a língua pelo canto da boca sempre que estava se concentrando. Era adorável e sexy ao mesmo tempo.

Resolvi ir com tudo e perguntei:

— Você está solteira, Holly?

Ela colocou um pedaço de fita adesiva no canto da caixa enquanto olhava para mim.

— Não namorei muito desde que meu marido morreu. Minha vida é muito ocupada para conseguir tempo para isso. — Ela fez um laço e perguntou: — E você?

— Estou solteiro, sim.

— Eu sei por que estou solteira, mas o que está acontecendo com você? — ela indagou enquanto entregava a caixa para o homem.

Ele deixou cair um dólar em seu pote. Quando ela franziu a testa, eu sorri, sabendo que não importava mais o que ela ganhasse. Ela já tinha ganhado e não sabia.

— Acho que sou exigente — finalmente respondi, com sinceridade. — Minha mãe diria a você que sou seletivo ao extremo. Mas não acho que se possa ser muito seletivo quando se trata de uma parceira de vida. Então, não tenho pressa.

Uma mulher apareceu, me entregando uma estátua de jardim que parecia que ia ser um pesadelo para embrulhar. Outra oportunidade para eu parecer um idiota na frente de Holly.

Ela, imediatamente, percebeu quando comecei cortando papel demais.

— Quer ajuda com isso? — Ela riu.

— Tem certeza de que quer ajudar o inimigo?

— Neste caso, sinceramente, será doloroso de assistir, então, sim.

Ela piscou.

Entreguei-lhe a tesoura e sorri.

— Obrigado.

Quando ela a pegou, sua pequena mão roçou na minha, e fiquei mais determinado do que nunca a não sair dali sem o número dela.

— Onde esta pequena competição está impedindo você de estar esta noite? — ela perguntou enquanto cortava o papel em linha reta.

— À reunião anual de Natal da minha família. O tio favorito e a alma da festa vai ter que estar elegantemente atrasado.

Ela arqueou uma sobrancelha.

— Bem, você pode desistir da disputa e ir agora.

— Você gostaria disso, não é?

A maneira como eu disse isso quase soou... sugestiva. Estava me divertindo muito com Holly, e me ocorreu que prolongar isso estava realmente mantendo-a longe de sua família, o que não era justo. *Jesus, Bryce. Você consegue ser mais egoísta?*

Resolvi ceder, então. Aí a convidaria para sair. Nessa ordem. Achei que essa seria a cronologia correta, já que duvidava que ela concordasse em sair comigo se eu ainda estivesse tentando "roubar" o brinquedo.

Um segundo depois de ter pensado nisso, o telefone de Holly tocou. Ela atendeu, e foi aí que as coisas tomaram um rumo muito diferente.

Seu rosto ficou branco.

— Ai, meu Deus. Como assim? — Ela correu de seu assento, com uma mão no peito.

Eu me levantei, me preparando para ajudá-la se precisasse, mesmo que não tivesse ideia do que estava acontecendo.

— Mas ele está bem? — Ela andou. — Para onde o levaram? — Assentindo repetidamente, ela disse: — Ok. Estou indo para lá agora.

Ela desligou, então correu para seu assento para pegar seu casaco e bolsa.

— O que aconteceu?

— Meu filho estava andando de trenó do lado de fora da casa da minha irmã e sofreu um acidente. Ela disse que acha que ele está bem, mas bateu a cabeça. Eles o estão levando para o hospital por precaução. — Frenética, ela balançou a cabeça. — Desculpe. Tenho que ir.

Pisquei.

— Ok... ãh...

Não tive chance de responder porque ela correu, seus saltos batendo no chão enquanto ela desaparecia de vista. Eu não podia culpá-la. Mas isso era péssimo. A coisa toda, mas especialmente o fato de que seu filho tinha se machucado.

Meu coração ainda estava acelerado mesmo alguns minutos depois que ela tinha ido. Eu apenas fiquei ali sentado em transe.

Quando um cliente se aproximou da mesa, imediatamente ergui a mão.

— Desculpe. Teremos que fechar por hoje. — Eu me levantei e virei a placa. — Feliz Natal.

Fui até o balcão de atendimento ao cliente onde a gerente tinha guardado o robô.

— A loja fechará em breve. Temos um vencedor? — ela perguntou.

— Não exatamente. — Passei a mão pelo cabelo. — Holly teve que sair de repente porque seu filho sofreu um acidente. Parece que ele está bem, mas o levaram ao hospital por precaução.

— Oh, não. — Ela cobriu a boca com a mão.

— Sim. Ele estava andando de trenó. Muito assustador. E na véspera de Natal, dentre todos os dias.

Eu só podia imaginar como ela se sentiu, tendo perdido o marido no

Natal, os medos que deveriam estar passando pela cabeça dela.

— Que maneira terrível de passar a véspera de Natal — disse ela.

— Sim. — Suspirei. — De qualquer forma... eu vou comprar o brinquedo. Só tenho o nome dela. Vou ver se consigo procurar seu endereço e deixar o brinquedo para que o filho dela possa tê-lo no Natal.

— Então ela ganhou?

— Sim — respondi, atordoado, cansado demais para explicar mais do que isso. — Deixei o dinheiro ali no pote de gorjetas. Alguém deveria ir até lá antes que o roubem.

— Pode deixar. — Ela sorriu.

Depois que paguei pelo brinquedo, desejei a ela um Feliz Natal e peguei a estrada.

De volta à casa da minha família, cumprimentei a todos, mas, logo depois, desapareci em um cômodo tranquilo para passar alguns minutos pesquisando o nome dela no Google. Nenhuma Holly Johanssen em sua faixa etária apareceu em toda a área de Chicago. Tentei escrever Johanssen de várias maneiras também. Havia uma mulher com esse nome, mas ela tinha 63 anos. Também não apareceu nada nas redes sociais.

Naquela noite, enquanto brincava com meus sobrinhos, eu estava totalmente preocupado, embora tentasse ficar o mais envolvido possível na brincadeira. A ironia não passou despercebida para mim quando minha sobrinha desembrulhou um livro de Natal intitulado *Holly Jolly Tales*.

Senti como se tivesse perdido a Cinderela, só que não tinha sapatinho de cristal. Nada para encontrá-la além de um nome que parecia ser um beco sem saída.

Mas, depois de ficar de mãos vazias em relação a Holly, decidi seguir meu plano original de deixar o robô na casa daquele garotinho. Pelo menos alguém ia receber o brinquedo no Natal. Talvez ver seu rosto feliz me animasse.

Eu estava realmente arrasando hoje.

Puxando meu capuz para cima enquanto estava na varanda da frente, olhei em volta para a entrada vazia e para a rua atrás de mim. Não havia carros em lugar algum, e nenhuma luz acesa dentro da casa. Nem mesmo as luzes de Natal penduradas no teto estavam acesas. A neve tinha começado a cair enquanto eu estava a caminho, e uma fina camada branca já cobria a rua e a grama. A cada quinze segundos, mais ou menos, uma rajada aleatória de vento soprava, fazendo a casinha parecer o interior de um globo de neve.

Procurei um lugar para deixar o robô, mas a varanda tinha apenas um pequeno toldo, e a neve já cobria o chão abaixo dele. Se a família não chegasse em casa logo, a caixa e o brinquedo provavelmente ficariam destruídos. Eram sete horas; talvez eu pudesse voltar em uma hora se a neve não estivesse tão ruim e ver se alguém voltava para casa. Seria realmente uma droga se esse robô idiota fosse desperdiçado.

Antes de hoje, eu nem sabia que essa coisa era o brinquedo popular da época. Isso me fez pensar em como minha família provavelmente nunca passou pelo que Holly passou — correndo e tentando conseguir o item mais desejado para que seu filho não ficasse desapontado. Minha família poderia simplesmente pegar um do estoque antes que os brinquedos chegassem às prateleiras. Talvez houvesse um pouco de verdade no que Holly dissera antes.

Do que ela tinha me chamado mesmo? *Cheio de direitos*. Sim, era isso. No entanto, esse pensamento só me fez querer ainda mais garantir que essa coisa chegasse às mãos do garotinho para quem a comprei.

Então, em vez de ir para casa, decidi visitar meu avô — o homem que possibilitou minha vida confortável. Já tinha passado do horário de visita, mas imaginei que, como era véspera de Natal, a casa de repouso provavelmente estivesse um pouco mais liberal do que o normal.

— Oi, Rena. — Uma das cuidadoras regulares estava na recepção quando entrei.

— Olá, Bryce. — Ela sorriu calorosamente, e eu levantei uma bandeja de papelão cheia de chocolates quentes e uma caixa de bolinhos *munchkins* da Dunkin' Donuts.

— Eu trouxe um pouco de chocolate quente e um lanche.

Ela ergueu uma sobrancelha.

— Tentando me subornar para que possa entrar depois do expediente?

Sorri.

— Depende. Será que vai dar certo?

Ela apontou com os olhos para o porta-copos.

— Algum desses tem chantilly?

— Tem, sim.

Ela estendeu as mãos.

— Ele está no quarto assistindo TV. Feliz Natal, Bryce.

— Obrigado, Rena.

Encontrei Pops sozinho, rindo alto. O som profundo e barítono aqueceu meu interior. Como sempre, ele estava de terno completo, colete e tudo, mesmo estando sentado na cama.

— Oi, Pops.

Ele olhou para mim.

— Você é o engraxate?

Fiquei triste por ele não se lembrar mais de mim, mas não era difícil de fazer Pops feliz, então entrei no jogo.

— Claro que sou.

Ele olhou para seus pés, e sua testa franziu.

— Onde diabos estão meus sapatos?

— Vou pegá-los para você. Que cor está pensando em usar com esse terno? O marrom ou o preto?

Ele olhou para mim como se eu tivesse duas cabeças.

— Que idiota usaria preto com isso?

Sorri.

— Então será marrom.

Pops tinha um monte de roupas guardadas no pequeno armário de seu quarto, cujo fundo era repleto de sapatos estilo *wingtip* antigos. Peguei um par marrom e puxei uma cadeira até a cama antes de ajudá-lo a se virar para mim.

Nós conversamos enquanto eu calçava seus sapatos e pegava o kit de engraxate que estava sempre na mesa de cabeceira.

— Gosto de brilho intenso. — Pops apontou para seus sapatos. — Para que eu possa ver meu rosto bonito quando olho para baixo. Você ouviu aquela sobre o cara que engraxa os sapatos e vai dançar em um clube?

Eu ri e balancei a cabeça. O cérebro humano era incrível. Pops não conseguia se lembrar de que eu era seu neto, mas conseguia se lembrar de um monte de piadas sujas. Na verdade, eu ainda não tinha ouvido essa, mas, se ele estava contando, eu sabia o rumo que essa história tomaria.

— Não, acho que não ouvi essa.

— O cara engraxa os sapatos com tanta força que eles são como um espelho, depois vai para o clube. Ele dança com a primeira mulher, tentando impressioná-la, e diz: "Aposto que sei sua cor favorita". Ele olha para o reflexo de seu sapato brilhante e diz: "vermelho". A mulher fica impressionada. Pouco tempo depois, ele dança com uma segunda mulher... e supõe que sua cor favorita é azul. Então dança com a terceira mulher, olha para baixo e fica perplexo. A mulher percebe e pergunta: "Qual é o problema?". Ele pergunta: "Que cor de calcinha você está usando?". A mulher responde: "Não estou usando calcinha". O homem diz: "Ainda bem, achei que meus sapatos estivessem rachados".

Nós dois rimos. Quando eu estava quase terminando de engraxar os sapatos de Pops, ele disse:

— Vou abrir uma loja que vende ternos algum dia. Daqueles bons que se ajustam direitinho, importados da Itália. Você deve montar seu ponto do lado de fora. Será uma mina de ouro para você... homens que gastam em um bom terno não gostam de sapatos gastos.

Eu não tive coragem de dizer que ele *havia* aberto uma loja que vendia ternos — e depois outra, outra e outra — e, eventualmente, elas se expandiram de roupas masculinas para femininas e depois para crianças. Hoje a Kline's vendia até maquiagem, utensílios domésticos e tinha uma pequena seção de brinquedos, como o robô guardado no meu carro estacionado lá fora.

— É uma ótima ideia. Acho que vou fazer isso.

Apesar de Pops ter parecido lúcido nos últimos quinze minutos, depois que guardei o kit de engraxate e fui me limpar, ele olhou para mim e perguntou:

— Você é o engraxate?

Sorri tristemente.

— Sou, sim.

Rena apareceu um pouco depois. Pops havia perdido o interesse em falar e voltou a olhar para a TV.

— Bryce? Eu preciso trocar o sr. Kline para dormir.

Balancei a cabeça.

— Tudo bem, Rena.

Me despedi de Pops e caminhei pelo corredor com Rena em direção à saída.

— Como foi a visita? — ela perguntou.

— Ele acha que sou o engraxate.

Rena sorriu.

— Aquele homem pode esquecer seu próprio nome, mas nunca esquecerá seu estilo. Ele deve ter arrasado o coração das mulheres de sua época com esse estilo todo.

— Sim, ele era de outro mundo. Não importava se estava indo para o supermercado, ele usava seu terno.

— Sua irmã veio mais cedo. Ela disse que você estava em uma das lojas bancando o Papai Noel. Isso é verdade?

Balancei a cabeça.

— Sim. Toda época de Natal, Pops costumava vestir a roupa e a barba de Papai Noel e bancar o Papai Noel em uma de suas lojas, tirando fotos com as crianças que vinham. Ele adorava fazer isso. Quando começou a ficar esquecido, e não podia mais fazer isso, eu o substituí. Fiz isso nos últimos oito anos na véspera de Natal.

— A equipe deve se divertir com isso.

Infelizmente, ao contrário de Pops, que todos conheciam pelo nome, a maioria das pessoas nem me reconhecia como um dos donos da Kline's. Passei a maior parte do meu tempo no escritório. Mas esse anonimato funcionou para mim hoje. De jeito nenhum aquela gerente teria sugerido que Holly e eu competíssemos pelo direito de comprar um robô se soubesse quem eu era. Claro, eu poderia ter dito a ela e pegado o brinquedo, mas, por algum motivo, não o fiz.

— Eles gostavam muito mais quando era o Pops quem fazia isso. Ele realmente entrava no personagem.

Ela sorriu.

— Aposto que sim.

Na porta, agradeci a Rena e disse que voltaria no dia seguinte para visitá-lo. A neve estava caindo pesada agora, então, quando entrei no carro, pensei em ir para casa. Mas então olhei para o robô no banco do passageiro e pensei no garotinho que conhecera naquele dia. Essa coisa provavelmente o faria ganhar o ano... então, poxa, eu iria devagar e tentaria fazer uma criança sorrir na véspera de Natal, assim como Pops faria, se pudesse.

CAPÍTULO 3

Holly

Que véspera de Natal acabou sendo essa. Pelo menos estávamos em casa.

Depois que os médicos examinaram para ver se Mason tinha algum dano neurológico, ele foi liberado para ir para casa. Embora tenha batido a cabeça em um barranco, aparentemente, não foi grave. *Graças a Deus.* Eu não conseguia imaginar algo acontecendo com meu filho; ele era meu mundo inteiro.

Em vez de voltar tão tarde para a casa da minha irmã, Mason e eu voltamos para casa pelas estradas cobertas de neve para passar uma noite de Natal tranquila e atrasada juntos. Eu o deixaria ficar acordado até um pouco mais tarde e, depois que ele fosse para a cama, eu bancaria o Papai Noel e colocaria na árvore todos os presentes que tinha embrulhado e escondido debaixo da minha cama.

Infelizmente, o único presente que ele queria não estaria debaixo da árvore. Depois de tudo que ele tinha passado naquela noite, desejei que ele pudesse ter acordado com a surpresa do robô. Eu teria que explicar a ele que Papai Noel prometeu fazer uma viagem especial de volta depois do Natal para lhe trazer um. Eu tinha tudo planejado. Escreveria um pequeno bilhete com a letra do "Papai Noel" e o deixaria ao lado das migalhas de biscoito. Meu filho sempre deixava biscoitos para o Papai Noel, e eu sempre os degustava como lanche da meia-noite. Desde que meu marido morrera, eu usava esses pequenos momentos de fim de noite para conversar com ele enquanto estava sentada sozinha, comendo os biscoitos e olhando para as luzes da árvore. Tornou-se minha tradição particular. Uma bem triste.

Já eram nove e meia, e Mason e eu tínhamos acabado de tirar os biscoitos do forno.

Eu lhe disse que ele tinha que ir para a cama depois que terminamos de assar. O ar ficou perfumado com o cheiro de chocolate derretido.

Ele deu pulinhos.

— Posso comer um agora?

— Precisamos esperar que esfriem primeiro.

Vários minutos depois, Mason saboreou três biscoitos com um copo grande de leite antes de prepararmos um prato para o Papai Noel e deixá-lo em uma mesinha ao lado da árvore.

Então, coloquei meu filho na cama, abraçando-o um pouco mais apertado do que o habitual. Para garantir que ele não acordasse enquanto eu colocava os presentes debaixo da árvore, sempre o lembrava de que o Papai Noel precisava que ele estivesse dormindo para entrar em segurança sem ser visto.

Sempre me surpreendeu a facilidade com que as crianças acreditavam na coisa toda do Papai Noel. Fiquei me perguntando quando Mason descobriria. Ele tinha sete anos, mais ou menos a idade em que descobri a verdade. Mas eu estava feliz que isso ainda não tivesse acontecido, porque não estava com pressa para vê-lo crescer.

Assim que terminei o processo de levar os presentes de debaixo da minha cama para a sala, a campainha tocou.

A adrenalina percorreu meu corpo. Eu não estava esperando ninguém, e uma sensação horrível de déjà vu me tomou quando me lembrei da polícia chegando à minha porta para me dizer que meu marido havia morrido em um acidente.

Meu coração disparou quando espiei pelo olho mágico.

O homem que me fitou de volta era, talvez, a última pessoa que eu esperava.

Era Bryce, o homem lindo da Kline's.

O quê?

E ele estava segurando uma grande caixa embrulhada.

Meu coração disparou.

O robô?

Como ele me encontrou?

Abri a porta quando uma rajada de vento gelado me atingiu no rosto.

— Bryce! Como você sabia onde eu morava?

Seus olhos se arregalaram. O ar frio saiu de sua boca enquanto ele ficou ali por vários segundos. Então ele finalmente disse:

— Você mora aqui?

— Sim. Não posso acreditar que você me encontrou e que trouxe... o robô?

— Sim... — Ele piscou.

— Nem sei como agradecer. Você sentiu pena de mim por causa do que aconteceu? Eu não sei o que...

— Não posso acreditar nisso. — Ele apenas continuou balançando a cabeça.

Em meu estado atordoado, ainda nem o tinha convidado a sair do frio. Então me afastei.

— Por favor, entre. Só mantenha a voz baixa. Meu filho está dormindo.

Bryce colocou o presente embrulhado debaixo da árvore, então se virou para mim.

— Espero que a campainha não o tenha acordado.

— Ele tem um sono muito pesado, no geral, e não estou ouvindo sinais de que ele tenha acordado. Então, acho que estamos bem. — Exalei. — Como você me encontrou?

Ele parecia um pouco atordoado.

— Holly... estou totalmente chocado.

— Por quê?

— Eu não sabia que estava vindo ver você. Achei que ia entregar o brinquedo para o garotinho a quem prometi.

Por alguns segundos, fiquei totalmente confusa. Até que comecei a entender.

— Você está dizendo que meu filho é o garoto para quem você estava tentando ganhar o robô?

— Se ele for Mason Gallagher neste endereço, sim. — Bryce sorriu. — Ele visitou o Papai Noel na Kline's hoje cedo, certo?

Meus olhos se moveram de um lado para outro.

— Sim. Minha irmã o levou.

Ele assentiu.

— Eu te disse que minha família era dona de uma rede de lojas. Nós temos a Kline's, na verdade. Deixei essa pequena informação de fora. Todos os anos, eu me voluntario para ser Papai Noel na véspera de Natal. Hoje, quando eu estava fantasiado, um garotinho sentou-se no meu colo e me disse como estava triste por seu pai não estar presente no Natal.

Cobri a boca.

— Oh, meu Deus.

— Ele não foi específico sobre o que aconteceu, se o pai havia morrido ou só não era presente. Mas realmente me pegou com força. Perguntei o que ele queria de Natal, e ele me disse que só queria que sua mãe fosse feliz, que o deixava triste vê-la chorar durante as festas de fim de ano. Isso me tocou ainda mais, porque a maioria das crianças sempre tem uma lista de itens materiais à mão quando você pergunta o que elas querem.

Ai, meu coração.

— Ele é um garoto especial — eu disse.

— Ele insistiu que só queria que sua mãe fosse feliz de novo. Eu disse a ele que realmente o admirava por isso. Mas que isso obviamente não é algo que eu poderia prometer a ele. Eu não sabia como reagir. Antes de ele sair, eu lhe perguntei: "você tem certeza de que não há nada que eu possa trazer para *você*?". E ele foi muito engraçado. Ele disse: "bem, se você *insiste*... o único brinquedo que eu realmente quero este ano é o TechBot". Então ele rapidamente falou seu endereço, e decidi que o conseguiria para ele. Mas com tão pouco tempo na véspera de Natal, não consegui mexer os pauzinhos. Independente de eu ser dono da loja, não havia mais nenhum. Então, depois que troquei o traje de Papai Noel, decidi verificar as prateleiras só para ter certeza. E foi quando nos conhecemos.

Olhei para cima, em seus lindos olhos azul-bebê.

— Estou perplexa. Nem sei o que dizer.

Ele fechou os olhos por um momento.

— Sinto muito. Fiquei tão chocado ao ver você que nem perguntei como está o seu filho.

— Ele está bem, felizmente. Não houve dano sério no acidente. Tivemos sorte que o hospital não estava muito cheio. Fomos atendidos e liberados rapidamente.

— Estou aliviado em ouvir isso. — Ele soltou um suspiro. — Procurei suas informações de contato a noite toda, desde que você saiu da loja.

Coçando a cabeça, eu disse:

— Espere, estou confusa. Se você não sabia que eu era a mãe de Mason, por que estava me procurando?

— Depois que me contou sobre a morte do seu marido no Natal, decidi que você merecia ganhar o robô. Tomei a decisão de dar a você, de qualquer maneira, mas você foi embora antes que eu pudesse lhe dizer. Vasculhei a internet em busca do seu nome, e nada apareceu na região. Então decidi seguir com o plano original e entregá-lo ao menino da loja, já que não consegui te encontrar. Achei que, pelo menos assim, alguém conseguiria seu desejo de Natal.

Minhas bochechas queimaram de vergonha.

— Tenho um pouco de vergonha de dizer que te dei um sobrenome falso, Bryce. Quando me perguntou... foi meio antes do ponto em que comecei a confiar um pouco em você. Tomei uma decisão em uma fração de segundo, e foi a errada.

Ele assentiu.

— Ok, então você não é Holly Johanssen. Isso explica muito.

— Johanssen era, na verdade, o nome de solteira da minha avó. Mas não é o meu.

— Holly é o seu nome real, pelo menos?

— Eu posso entender por que você duvidaria disso, mas é, sim. — Suspirei. — Novamente, sinto muito por tomar essa decisão idiota.

— Você é Holly Gallagher... — ele disse.

Eu sorri.

— Sim.

— Então, minha piada de Holly Holloway não foi em vão.

Eu ri.

— Não.

— Bem, isso é bom, pelo menos.

Olhei para o robô que ele colocara debaixo da árvore.

— Acabei de perceber que você mesmo embrulhou isso.

— Como sabe?

— Porque está horrível. — Comecei a rir, mas, de repente, lágrimas brotaram dos meus olhos do nada.

— Eu te chateei? — ele perguntou.

— Não. — Limpei meus olhos. — Tenho certeza de que são lágrimas de alegria. Você realmente me deixou muito feliz esta noite.

— Bem, fico contente. De verdade. Você já passou por muita coisa. Valeu todo o meu Natal saber que eu poderia trazer um pouco de felicidade às suas festas de fim de ano.

Uma lufada de seu delicioso aroma viril flutuou em minha direção. Nem a pau eu queria mandar esse cara de volta para o frio.

— Você precisa estar em outro lugar?

— Saí da festa da minha família mais cedo e, provavelmente, não voltarei. Eu estava indo para casa.

— Posso fazer uma caneca de chocolate quente ou algo assim?

Sua boca se abriu em um sorriso.

— Eu adoraria.

— Fique à vontade. Volto já.

Um calafrio percorreu minha espinha enquanto eu ia para a cozinha. Eu tinha dificuldade em acreditar que as coisas acontecem por um motivo, especialmente depois da maneira como meu marido morreu. Por que isso aconteceu, sabe? Foi injusto e sem sentido. Então, em geral, sempre senti que a ideia de destino era uma grande mentira. Mas algo nesta noite *parecia* obra do destino. Quais eram as chances de que meu filho e o menino que ele encontrou fossem a mesma pessoa?

Quando voltei para a sala, falei:

— Espero que goste de marshmallows.

— Gosto, sim. Obrigado — ele respondeu enquanto pegava a caneca de mim.

Sentei-me a cerca de trinta centímetros dele no sofá e bebi meu chocolate quente.

— Desculpe por ter saído daquele jeito — eu disse. — Quando percebi que Mason estava bem e consegui me orientar, pensei muito em você e realmente me arrependi do fato de que provavelmente nunca mais te veria.

— Bem, acho que estávamos destinados a nos conectar desde o início. É engraçado pensar que, mesmo se nossa competição não tivesse acontecido, eu ainda teria aparecido aqui esta noite.

Sorri.

— Verdade, mas estou feliz que tenha sido assim, porque eu poderia não ter coragem de convidá-lo para entrar se não o tivesse conhecido antes.

Ele colocou a caneca na mesa de centro.

— Posso te fazer uma pergunta pessoal?

— Sim...

— Você disse que não namorou muito desde que seu marido morreu.

Olhei para o meu chocolate e balancei a cabeça.

— Não namorei, não.

— Antes de você ir embora, eu ia te convidar para sair, mas também me perguntei se isso era algo que você consideraria... — Ele pegou sua caneca novamente e tomou um gole.

Eu finalmente olhei para ele.

— Não quero ficar sozinha para sempre. Já pensei em voltar a sair. Eu fico... solitária. — Imediatamente me arrependi de ter sido tão honesta. Mas, por alguma razão, senti vontade de me abrir naquela noite.

— Se não se importa que eu diga, é uma pena que uma mulher como você se sinta solitária. Depois que foi embora, eu não conseguia pensar em mais nada além do seu lindo rosto.

Arrepios percorreram a pele dos meus braços.

— Obrigada.

— Se o acidente não tivesse acontecido e eu tivesse te convidado para sair mais cedo, o que você teria dito... se eu desistisse da briga pelo robô, é claro...

Não tive que pensar muito na resposta.

— Eu teria dito sim, e então teria revelado para você que meu sobrenome não era Johanssen.

Ele sorriu por trás de sua caneca.

— Bom saber.

As luzes da árvore refletiam em seu rosto, fazendo os olhos de Bryce brilharem.

Peguei o prato de biscoitos da mesinha ao lado da árvore.

— Você gostaria de um? Tecnicamente, são para o Papai Noel. Mas, já que você é basicamente ele este ano... merece o prato inteiro.

— Vou compartilhá-los com você? — ele indagou.

— Claro.

Nos sentamos em um silêncio confortável, devorando o prato de biscoitos. Eu disse a ele para comer sobre o prato para deixar cair intencionalmente algumas migalhas. Mason sempre ansiava por ver os restos do Papai Noel. Percebi que este era o primeiro ano desde a morte de Will que eu não comia esses biscoitos sozinha e triste. Foi bom ter alguém para compartilhá-los.

Depois que terminamos, Bryce se levantou de repente.

— Eu poderia ficar aqui a noite toda, Holly. Realmente adoro estar perto de você. Mas sei que teve um longo dia. Tenho certeza de que quer descansar um pouco se seu filho vai acordar cedo. Se ele for como meus sobrinhos, vai acordar ao raiar do dia.

Eu *realmente* não queria que ele fosse embora. Mas também não queria dizer a ele para ficar porque poderia parecer desesperada. Pensei em outra abordagem para passar mais tempo com ele.

— O que você vai fazer no café da manhã amanhã?

Ele encolheu os ombros.

— Os elfos e eu comeremos Fruit Loops juntos, mas eu com certeza posso abandoná-los.

— Gostaria de passar por aqui… para conhecer Mason? Eu explicaria a ele que você é um amigo. Dessa forma, você pode vê-lo aproveitando seu presente.

— Eu adoraria te ver amanhã, Holly, e conhecê-lo… formalmente.

— Que tal nove da manhã?

— Estarei aqui com os *sinos*… sinos de Natal, é claro. — Ele piscou.

CAPÍTULO 4

Bryce

Apesar do ar gelado, minhas mãos estavam suadas enquanto eu estava de pé na frente da porta de Holly na manhã de Natal.

Ela a abriu e sorriu, olhando para a caixa enorme de bolinhos *munchkins*, da Dunkin' Donuts em minhas mãos.

— Você não precisava trazer nada.

— É isso que levo sempre que sou convidado. E sei que as crianças os amam.

— Ah, pode apostar que Mason vai ficar animado.

No segundo em que entrei, o menino veio correndo para a sala com seu robô na mão.

— Este é o seu amigo, mãe?

— Sim, este é Bryce — Holly disse.

Mason acenou.

— Olá.

— Oi, amigão. É muito bom conhecê-lo.

Ele olhou nos meus olhos e me encarou.

— Você parece… familiar.

Xiiiii.

— Sim, você também — respondi, sem saber mais o que dizer.

— Este é o meu novo robô. O Papai Noel me deu.

Fingi empolgação e surpresa.

— Isso é um TechBot?

— Sim.

— Não posso imaginar a sorte que você teve de conseguir um. Ouvi dizer que é o item mais desejado desta época.

— Não achei que iria ganhar um! Mamãe me disse que o Papai Noel podia não conseguir encontrá-lo a tempo. Pedi a ele duas coisas. Isso e para a mamãe ser feliz neste Natal. E ela acordou esta manhã com um sorriso enorme. Eu consegui as duas coisas que desejava.

Virei-me para Holly e dei-lhe um sorriso malicioso.

— Ela acordou, é?

Ela corou.

— Isso são *munchkins*? — ele perguntou.

— São, sim.

— Eu os amo!

— Foi o que eu soube. Há muitos de chocolate também. São os meus favoritos. Às vezes, eles economizam neles, mas eu garanti que isso não acontecesse desta vez.

— Chocolate é o meu favorito. Obrigado.

Mason era um garoto tão educado e grato.

Nós três fomos para a sala de jantar. Holly me serviu café fresco enquanto nos sentávamos juntos à mesa.

Tudo estava festivo até que Mason, de repente, anunciou:

— Meu pai costumava me levar para comprar *munchkins* aos domingos.

Fiz uma pausa e falei:

— Tenho certeza de que você deve pensar nele toda vez que os come.

— Sim, toda vez. — Ele olhou para o bolinho, que era feito do buraco da rosquinha, um pouco antes de mordê-lo.

Percebendo o olhar triste do filho, Holly tentou aliviar o clima.

— Mason participará de uma corrida divertida de inverno amanhã na cidade.

Olhei para ele.

— Você vai correr no frio?

— Sim. Vai ser muito divertido, mesmo que congelemos nossa bunda.

— Você é muito mais corajoso do que eu.

Ele pegou outro *munchkin* e mudou o assunto para mim.

— Enfim, quem é você? Quero dizer... como conheceu minha mãe?

Pergunta justa.

— Nós nos conhecemos em uma loja, na verdade.

— A família de Bryce é dona da Kline's — acrescentou Holly.

— Amo essa loja! Foi lá que eu vi o Papai Noel.

Pigarreei.

— Estou tão feliz que você tenha boas lembranças de lá.

— Você quer ir assistir à minha corrida amanhã? — ele perguntou de repente.

Olhei para Holly em busca de orientação.

— Isso é com sua mãe.

Ela piscou sedutoramente.

— Seria bom vê-lo novamente, se você estiver livre.

Na verdade, eu tinha planos para o dia seguinte, mas agora foram oficialmente cancelados.

— Eu adoraria ir.

— Legal! — O menino se levantou de repente da mesa.

Minha cabeça se virou para a entrada.

— Aonde ele está indo?

— Não tenho certeza. Mas eu gostaria que ele tivesse pedido licença primeiro.

Ele voltou correndo e anunciou:

— Eu sei de onde conheço você agora!

Meu estômago gelou, e eu olhei para Holly, então de volta para ele.

— De onde?

Ele estendeu um livro que estava escondendo atrás das costas.

— Você está na capa do livro da mamãe!

Holly pulou da cadeira como um furacão para arrancá-lo dele.

— Onde você conseguiu isso?

— Estava na sua mesa de cabeceira. Encontrei-o outro dia quando procurava um lenço de papel para o meu nariz escorrendo.

Ela o pegou tão rápido que não vi o título completo, mas o cara na capa estava sem camisa, e tudo que vi foi a palavra "alfa". *Droga.* Era disso que ela gostava, hein? Eu poderia ficar triste com isso.

— Odeio desapontá-lo, amigo, mas não sou eu. — Eu ri.

— Sério? Não é? — Ele riu.

— Juro. Não é.

Holly literalmente se sentou sobre o livro, então avisou:

— Por favor, não mexa nas minhas gavetas, Mason.

Depois que ele saiu para brincar em seu quarto, alguns segundos tensos se passaram antes que ela se virasse para mim.

— Bem, isso foi super embaraçoso.

— Não há nada para se envergonhar. Eu gosto que você tenha uma... mente aberta.

Suas bochechas ficaram vermelhas.

— Posso ver o livro? — provoquei.

— De jeito nenhum. É por isso que estou sentada nele.

Nós finalmente fomos para a sala e conversamos enquanto Mason brincava com seus brinquedos. Contei a Holly um pouco mais sobre minha família, passando pelos meus irmãos e falando o nome de todos os meus sobrinhos. Descobrimos que ambos crescemos no lado oeste da cidade. Então era estranho que nunca tivéssemos nos encontrado.

A certa altura, ela pegou um pequeno presente embrulhado debaixo da árvore e me entregou.

— Isto é para você.

— Não é justo. Eu não tenho nada para você.

— Está de brincadeira? Ainda te devo pelo robô. E quando você vir, não vai ficar impressionado. Não é nada. Apenas algo que peguei esta manhã.

Rasguei o papel perfeitamente embrulhado. Era uma pequena caixa, e dentro havia uma engenhoca em forma de tubo de plástico.

— Adoro isso! — Eu ri. — Mas... hum, o que é isso?

— É um cortador de papel de presente. Percebi que você estava um pouco atrapalhado com a tesoura. Isso desliza ao longo do papel e corta uma linha reta. Eu tinha um extra que ainda estava na embalagem.

— Obrigado. Vou aproveitar isso e pensar em você quando usá-lo. Embora, com toda a probabilidade, mesmo sem ele, duvide que algum dia eu embrulhe um presente e não pense em você.

— Meio que me sinto da mesma maneira.

Enquanto eu olhava nos olhos dela, estava me sentindo muito feliz e apenas... grato.

Mal podia esperar.

Mal podia esperar para conhecê-la melhor.

Mal podia esperar para beijá-la, para algum dia interpretar todas as fantasias daquele livrinho dela.

Pela primeira vez, em muito tempo, eu estava realmente ansioso pelo novo ano.

Ela olhou para o relógio.

— Nós precisamos ir para a casa da minha mãe para comer o tender. Já estamos um pouco atrasados.

Peguei meu casaco e o vesti.

— Sem problemas. Tenho que ir para a casa da minha irmã, de qualquer maneira.

— Então, nos vemos amanhã na corrida?

Balancei a cabeça.

— Quer que eu pegue vocês?

— Seria legal.

— Ótimo.

Ela gritou na direção do quarto do filho:

— Mason, venha se despedir de Bryce!

O menino veio correndo e, instintivamente, me ajoelhei e abri os braços. Talvez isso parecesse um pouco avançado para um primeiro encontro com ele, mas, tecnicamente, eu me sentia conectado com ele por mais tempo do que isso. Ele passou os braços em volta do meu pescoço e sussurrou no meu ouvido:

— Obrigado por manter sua promessa. Eu adorei.

Congelei enquanto me afastei lentamente e olhei nos olhos dele.

Puta merda.

Ele sabe.

Ele sabia o tempo todo?

Então ele murmurou:

— Não conte para minha mãe.

Balancei a cabeça, querendo explodir em gargalhadas. Mas me segurei.

Ele correu de volta para o quarto, e eu olhei para Holly, que parecia ter perdido toda a conversa. Acho que ele tinha suas razões para querer protelar a coisa do Papai Noel o maior tempo possível.

Então, Holly me acompanhou e fechou a porta atrás dela. Nós dois ficamos um pouco no frio. Eu me perguntei se ela havia fechado a porta para que tivéssemos privacidade. Imaginei que talvez isso significasse que ela esperava que eu a beijasse. Ela não podia entender o quanto eu quis fazer isso o dia todo — ou, na verdade, desde o momento em que a conheci.

— Obrigada por tornar este Natal especial.

Sinceramente, fiquei sem palavras. Ela estava *me* agradecendo, quando era eu que me sentia sortudo. Eu tinha experimentado tantos sentimentos naquele dia, mas talvez o mais inesperado tivesse sido um sentimento de gratidão misturado com um pouco de culpa pela oportunidade de passar um tempo com ela. *Com eles.* Especialmente quando ele não podia. E não era justo. Eu esperava que, onde quer que ele estivesse, aprovasse isso.

Prometo que não vou machucá-la.

Aparentemente, Holly não recebeu o recado de que eu estava no meio de uma conversa unilateral com seu falecido marido. Porque, quando vi, seus lábios estavam nos meus. Ela tinha ido para matar mais rápido do que eu podia piscar. E eu fiquei louco por isso.

Não me admira que ela tenha fechado a porta.

Eu a levantei e a beijei mais forte, me apaixonando mais por ela a cada segundo que ela respirava em mim. Fui com tudo, invadindo sua boca com minha língua e aproveitando seu doce sabor. Quando ela gemeu, eu era um caso perdido. Depois, inclinei minha testa contra a dela. Nós dois tínhamos os sorrisos mais bobos, e eu não pude deixar de pensar:

Mason não foi o único que conseguiu seu desejo de Natal.

Papai Noel tinha vindo para *mim* também.

Feliz Natal aos nossos leitores!